U0032601

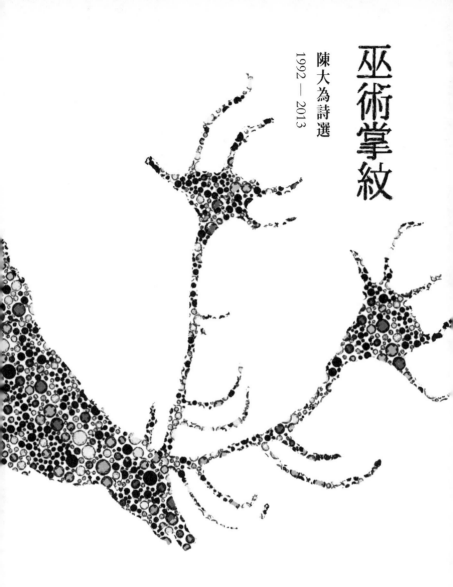

巫術掌紋

陳大為詩選
1992 — 2013

陳大為

巫術的掌紋

每次重讀自己的少作，總是陌生。有些東西已經遠去，記憶多有殘缺，得從年表或資料堆裡翻找，再努力去還原。其實呢，瑣碎的細節不必全都記住，較重要的理念和寫作策略，還是可以整理出清晰的脈絡。

中國古老的神話和歷史是我最初的文學土壤，踏上這片聖地，覺得自己很渺小。歲月這東西很有意思，距離越渺遠，累積的事物就越厚實，特別是文化的層層積累，這裡頭能夠展開的對話或顛覆性創作的空間非常大，挑戰性也高，畢竟要超越原來的經典是很困難的。如何將當代思維注入典籍之中，活化古老的靈魂，讓詩歌語言產生預期中的質變，形成另一種專用於此的現代漢語，不淪為歐化中文，或平淡無味的大白話，確實是一項令人振奮的工程。寫得好，可以產生極大的詮釋能量；反之，就變成古籍閱讀的心得報告，或淪為沒有價值的舊題新寫。

古老的文化土壤孕育了我最早期的詩作，但我不認為這是中國情結或什麼文化中國，它純粹是說故事的原料，是英雄的行動劇，是滋養詩想的氛圍，更是古人預先植入現代讀者腦海裡的一些隨時可以轉化成隱性註腳的文化知識（換言之，若使用得當，可以省去很多囉嗦的描述）。

我挖走了一些土壤，放入燒杯，詩在此發芽。

回頭想想，那五、六年的創作折損率真是驚人，但值得。

少部分比較滿意的實驗品保存在《治洪前書》（1994）和《再鴻門》（1997）當中，更多的次級品則廢棄在詩集之外。這個折損率到了〈會館〉一詩，才獲得逆轉，我在這裡找到另一片土壤，一條長程的系列寫作道路，它讓我的詩運作穩定，可以輸出強大的扭力。「南洋史詩」遂成為我當期創作中最龐大的主題，它對我其他類型的詩作所形成的遮蔽效果，已超出預期，很多我更滿意的詩作被淹沒，南洋就這麼名正言順的統治了那座《盡是魅影的城國》（2001）。它確實是一個恢宏的夢想，抵達之後，才發現南洋並非我真正追尋的目標，反而像是為了走一段曲折坎坷的現代史詩之路，為了焠煉敘事技藝，而設定的目標。它只是耶路撒冷，不是天堂。比起江河的〈太陽和他的反光〉，我的南洋差了一個截，後面還有一段很長的路要走。

我選擇了回家，走向怡保。

為那些尚未誕生的詩篇，我研製了原鄉的模型，道路變得真實，聲音有了不可過濾的雜質，許多觸感粗礪的內容在眼前走動，那是一個帶有地誌學成分的怡保。打造這座〈殖民者的城池〉，就得犧牲掉一些系列詩作，作為磚瓦和鋪設道路的鵝卵石。這部在半年內一氣呵成的《靠近羅摩衍那》（2005），共五個系列，融鑄了怡保的佛道教

和印度教文化，以及少許的伊斯蘭，組成原鄉寫作的一次大規模演習。

路走到這裡，被迫停了下來，全心投入那一部寫來不知有沒有人要讀的教授升等論文。詩已經夠冷門了，大陸詩史研究簡直是關外的孤煙，彷彿只有我一人獨自在野地生火，風一吹，連柴都散了。

要不是有那些頂尖詩人寫的絕妙好詩撐著，我恐怕無法在這荒地多留一天。讀到好詩是非常愉快的，比自己寫詩來得愉快，又不吃腦，即使是不求甚解的讀法，也有一種目擊神祕魔法的興奮。從那些看似極為簡單的手法中，汲取極為迂迴、複雜的思考邏輯，以及魔法般的語言技藝，成為讀詩的最大樂趣。第二快樂的是教書，中文系的專業科目不算，我在大一國文課教了十幾年的大陸當代小說，它們對我在創作上的滋養，竟然超過其他文類。我的敘事技巧和核心精神，主要源自大陸當代小說，其次才是兩岸的詩和散文。借小說大家的靈壓來抵銷強者詩人的影響，會有意想不到的效果。

遲至二○○九年，我才開始進行第二階段的原鄉寫作，把真實的怡保寫得虛實莫辨，放大原鄉的同時又將之縮小。最小的區域是我童年和少年記憶的根據地，那是城市的邊陲，反對黨的大本營，聚集了外婆一堆親戚的老邁社區。每次回家我都會專程去憑弔一下，清點熟悉和陌生的住戶，重溫沒落前的光景。我先後寫過的〈流動的身世〉、〈木部十二劃〉、〈從鬼〉、〈句號後面〉、〈將軍〉、

〈瘦鯨的鬼們〉等十來篇散文，都是它的土產。這地方只有馬來文地名，我用音譯的方式重新命名它，就叫：拉爾哈特。聽起來有點阿拉伯的味道，聽覺裡滿載著風沙。後來我在《聯副》寫了一系列以此為名的小品。即使加上過去的散文，我只處理了拉爾哈特很小的一部分，餘下的，留給第五部詩集。沒有書名，它只有一個代號：拉爾哈特。

最初完成的是練筆之作〈垂天之羽翼〉（系列組詩六首），完全是為了喚醒敘事的氣勢，我挑了六位旅台作家來寫，權當祭品，藉此把閒置多時的引擎熱起來，渦輪全速運轉，進入一個理想的寫詩狀態。我沒打算把拉爾哈特寫得大氣磅礡，適中就好，硬中帶軟。

當我發表〈銀城舊事Ⅰ〉（系列組詩七首）的時候，副刊主編問我：是否要註明一下何謂銀城？我說不。銀城跟怡保有一個很明顯的聯想，可說是怡保的放大版，大馬同鄉應該讀得出來。其實也不礙事，讀不出來就把它看作我的老家，裡面有真實的人物，以及看起來不完全真實的故事，可那是我看待原鄉的方式。相信有人會認為，經常出沒在我筆下的鬼魅是迷信，是幽默版恐怖小說的道具。在我的銀城，人鬼沒有界線，他們構成我記憶的真實肌理，過去常駐在散文，偶然入詩，如今則提煉成原鄉舊事的完整內容。少了鬼，就沒戲了。後續的〈銀城舊事Ⅱ〉（系列組詩五首）稍稍調亮了色調，但還是帶上淺淺的哀傷，畢竟在銀城舊事裡演出的，包括了多位已故的親人。

在更後來的〈南蠻〉（系列組詩四首），我換上一套

土匪的北腔來寫內心的南方，處理了南北兩地在我文學生涯上的拉鋸，稱不上鄉愁，但裡頭免不了有些糾纏。偌大個馬來西亞只有怡保是我關心的地方，其次是住著大量親戚的吉隆坡，當然兩者的輕重是懸殊的。怡保是好地方，這山城住起來舒服，可惜少了展翅的機會。二舅舅曾經在二十年前跟我說過：「有些地方只適合養老。這裡，等你老了才能回來。」他退休後也回到怡保，過了一段閒日子，在此安息。我還沒打算回去，也許在真正老邁的時候吧，天曉得。

　　最後要說的是〈拉爾哈特〉（系列組詩四首）。我在狂想的沙暴中建構了一座古伊斯蘭世界的孤城，把原鄉的感覺從真實的土壤抽出來，注了進去，成為一種半虛構體的地誌學。以「拉爾哈特」為代號的第五部詩集，由五首系列組詩構成，外加兩首序詩和跋詩，共一千餘行，原鄉詩路的終點。這本小書沒有真正出版，我想讓它用「新詩集＋精選集」的方式面世，完整呈現一條從遠古中國神話到赤道原鄉的回家之路，以及多重血緣的敘事詩成長史。北方的詩藝出神入化，是魔法；南蠻之地只有巫術，《巫術掌紋》即是詩人的生命紀錄。

2013.11.25 中壢

目次

巫術的掌紋　　3

序曲：天地寂靜　　15

卷0：治洪前書

治洪前書　　20

招魂　　23

摩訶薩埵　　27

封禪　　30

壯士　　31

卷1：我們都讀過英雄

守墓人　　34

戲子　　36

相師　　37

河渠書　　38

世界和我　　41

曹操　　45

屈程式　　50

再鴻門　　55

達摩　　58

麒麟狂醉　　61

觀滄海　　64

將進酒　　67

我們都讀過英雄　　70

野故事　　72

大江東去　　75

大哉夢　　78

我的敦煌　　81

卷2：都市的積木遊戲

[詩，和它傾斜的身影]（系列組詩六首）

天使之殘光　　86

盡是魅影的城國　　88

你簡陋的靈魂　　91

給肉體一個理由　　93

能不能停止　　95

倉頡的積木遊戲　　98

[都市，和它傾斜的身影]（系列組詩八首）

在東區　　101

埋怨　　105

音樂　　109

這個詞　　112

前半輩子　　115

從不打算　　117

中山北路　　119

令人懷疑的下午　　121

卷3：垂天之羽翼

[京畿攻略]（系列組詩六首）

京城　　124

上路那天　　127

徘徊於昔日的大街　　130

四點零八分　　133

墜落　　136

銅鏡　　139

[垂天之羽翼]（系列組詩六首）

大旗無風　　142

大河掌紋　　145

未經除濕的靈魂　　148

濕婆之舞　　151

棕櫚從遠方　　154

巫術早晨　　157

卷4：我出沒的籍貫

會館　　162

茶樓　　166

甲必丹　　170

還原　　173

在南洋　　176

[我的南洋]（系列組詩十首）

我出沒的籍貫　　179

別讓海螺吹瘦　　182

暴雨將至　185

歲在乙巳　188

整個夏季，在河濱　191

在詩的前線行走　194

接下了掌紋　197

八月，最後一天　200

簡寫的陳大為　203

在臺北　206

卷5：隔壁的金剛經

[口袋裡的鄉音] (系列組詩七首)

在隔壁　210

繼續打聽　212

用窗口　214

陳門堂上　216

認命　218

從門縫　220

底細　222

[近鬼神] (系列組詩六首)

你一人　224

眼觀鼻　226

向閻王　228

問蒼天　230

風馬旗　232

金剛經　234

卷6：殖民者的城池

[殖民者的城池]（系列組詩九首）

水滴石穿　238

防曬係數　240

下午休羅街　242

喊醒它的舊識　245

層出不窮　248

穿插大量銅樂　251

靠近　羅摩衍那　253

即使變成小數點　256

方圓五哩的聽覺　259

卷7：銀城舊事

[銀城舊事Ⅰ]（系列組詩七首）

舊事裡行走　264

隱隱有人　266

陰間的動詞　268

螺旋狀的哀傷　270

隨鶴走了　272

比謠言輕　274

話說瘦鯨　276

[銀城舊事Ⅱ]（系列組詩五首）

終年不絕的夏天　278

站滿了禁衛軍　280

木製的方言　282

淡米爾牛群　**284**

小乘浮屠的牆上　**286**

卷8：山城移動

[南蠻]（系列組詩四首）

坐北朝南　290

一流山城　293

極其迂迴　295

天下無雙　297

[拉爾哈特]（系列組詩四首）

天邊移動　299

比伊斯蘭　301

掘地三尺　303

是叛軍的　305

尾　聲：雄渾的銅　307

附錄一：敘事（1991-2001）　309

附錄二：半手工業（2005）　319

附錄三：陳大為創作年表　325

附錄四：相關評論　333

序曲：天地寂靜

獨自淨空我世界內部的每一吋疆土
留下火　扔了燈
扔了器皿　留下不可言說的水分
我的詞庫逆勢旋轉　如地窖旋開
我的法杖回到虛空的手掌　漠視外頭
八百四千萬億個妖異
以退為進
以睡為醒
我徐徐闔上不為所動的微醺眼睛

無所從來　亦無所去

獨自守住形上的水分和無燈之火
我的聖諭
從黑暗開始所有的命名
跨越疆界
逼視掌心　然後凝成銅鏡

我緩緩推開了仿古之木門
讓世界進來吧　坐上那唯一的凳子
咱們四目相投　輪流背誦
尚未定稿的貝葉經
如露　亦如電的漢譯

三千個世界在洪聲韻母的騎縫裡誕生
銅鏡中反轉　左右互換
對調了陰陽
我寫下我看得見和看不見的
鎏金結界　透明的象
越過須彌山
越過南西北方四維上下
你頭也不回地走進我腹稿初砌的高壇

一切世間天人阿修羅　在此觀戰

我們的對奕是沒有敵意的一千局盲棋
語出不回　兵出不歸
這個世界比其餘虛空的世界更加虛空
我們大略回顧　刪除所有的交鋒
前九千步　後九千步
至此天地寂靜
我們遂化為彼此的棋譜

化為彼此的海洋

[2011]

卷0　**治洪前書**

治洪前書

1・河圖埋怨：

老是那軸哀慟的意象
陳述死亡如何開發成浩大的景觀
亂水調戲著地理的愁眉
接著魚進駐鳥巢
石頭頓挫起浮腫的音節
文字古老的形聲大量醃製水部的偏旁
能想像的慘況早給說書的說爛
所以這回，可要從鯀的埋沒講起。

2・神話表示：

不行，儘管他有著熊的美肌與心臟
但群眾偏愛傳說虯龍，宣染成功
尤其洪蹟蟄睡如死
更沒有誰會探討他胸襟那環暴戾的水位
這是讓聖獸獨享的雲海
其餘生物統統滾開。

3．魚很納悶：

是思考的流域淤滿了水草，所以
放任蝦子不停複製單一口味的陋史
讓螃蟹閹割新鮮，但需冒險的軼事？
是被動的閱讀，習慣冷宮了鯀的血汗？
歷史的芒鞋專心踏著
唯禹獨尊的跫音
或者基石本身，就該湮埋
彷彿不曾紮實過任何工程？

4．禹卻反駁：

想那神話多妖的水域
狂亂的布景，凶險的劇情
就是我，彗星般崛起的根據
多前衛的演出啊——獨步的經典！
我偉大虯龍塑像的靈魄
怎會是前人肥沃智慧的承接？
衰敗與平庸的，早該淘汰
燈光只需鎖定偶像而非舞台。

5．河伯認為：

這是熱衷翻案的時代　叛逆的年頭
大舉溯返治洪的初期
逼近神話未經修飾，多苔的內殼

看鯀那鏢槍樣的眼神
如何串連眾水族的歧見
悲痛著每一具沉溺，
未知的相繼出土
歷史將痊癒多疤的面龐。

6・我問鯀：

「沒有埋沒感？」提高聲量：
「相對於無限膨脹，禹收穫的讚美」
「我很清楚——自己的座標」
「不需要補鑄銅像？」
「拯救本身，豈非更崇高。」
一尾滿足，安詳游歸他多愁的眉宇。

7・洛書歎息：

粗韌布衣與龍袍不休的摔角
倒映出一湖湖善變的神話，
掌聲，或噓聲——最不固定的可能
時間冷冷地反覆裁決。

[1992]

招魂

0・漁父

「反正，他很快又會投江」乾脆省下
陳膩的，道家的勸辭
漁父坐下來檢驗，魚腮的醉況。
流姿與五月垂直的交界點，獨醒著你
連年投沉的兩千多具
雷同的憂鬱造型。

1・涉江

必須是黥面的南方
你以諸如——
形同含冤的一艘沉舟，或被湮埋的
夜明珠——此類的情懷
在涉江。
古劍、新冠、斷崖般褶痕的衣裳
那屢遭狼毫恣意洗劫的神態
恕我無能復還。

原貌都不是原貌
你，僅僅一次涉江。

2・莊王

「也只能扼腕啊——」錯過了問鼎
的不朽盛世
莊王安慰你的肩膀。
不甘心，你暗中畜養在楚辭
隨時出動的八尾虯龍
盤踞著大道廢棄的時空
等，下個莊王。

3・哀郢

兩千年了，每夜九次往返郢都
你的忠貞以不累的高速
明知有讒言
如暗箭埋伏，政治陰冷的病毒
已完成對君主的部署；
衢道，都是妖鳥
在飛舞，至於鳳凰的下落
第九晼奄奄的蘭才想透露
你卻哭成一滴
愛國的典範。眾筆趕緊盛你
以一萬噸稿紙。

兩千年了，你在同樣的敘述裡奔波
並哭泣，是什麼樣的動機
輪迴著你？

4 • 雲夢

假如有這麼一尾，失去霧屏
而打算蛇隱的雨龍
剛好路過……
「蛇隱？」你鐵定震怒：
「那永遠都不會有雨！」
大澤無雨，即失去雲夢的美名
不再是睡虎的祕居。好比你
若不投江，即失去忠烈一樣。

5 • 灼龜

坐好，攤開神話美學
龍受傷的聲音
靈氛以靈視掃瞄你曠古的視野
用巫思解讀，你思維的鴻圖
卜辭凶險，但很精確。
要知道：他同步閱讀著我閱讀的
列傳——你命運的腳本
從拜左徒，到投江。
你竟然大膽求證亡國的預感

你這份情操與生平，我們每年
都被詩人填鴨。

6·天問

「我不必投江嗎？」
「嗯。雖然詩篇都忍不住
有這幕安排，讀者們都在等待」
「那我就不是他了」
「你不過是創生於我的腹語木偶」
「歷史的真實感……」
「由於腦漿與墨汁的血緣，所營造的
立體化，可信賴的錯覺」
「不再有吶喊、樂器、食品，以及競賽工具？」
「那是三流詩人愛不忍釋的把戲。」

0·漁父

果然質疑不例行投江公式的你
漁父撿回歷年的詩篇來考據
「怎麼可能招魂，
統統都是，一廂情願的虛構罷了。」
石頭最能掌握實況，不說話。

[1992]

摩訶薩埵

0.

佛的大悲插畫，煽情
在莫高壁上
我用未皈依的問號把你
立體出來。動作還很印度
沒攜帶對白，你一身北魏
假設的大慈顏彩。

1.

出巡只屬故事的草稿
草稿等著你手中的
悲壯顏料
快，快把父王和王兄騙開，
留下構圖的蒼白，留下馬的
緊張，匕首的不安
你褪去衣裳穿上計劃。

2.

胃器反過來進食虎的肉身
酸酸空氣開幕了谷底
你走近，
母子虎群用骨撐著皮
死神已粉墨於胃壁，除非血
除非肉的輸入
拔出腰間匕首，你走近。

3.

百千萬隻獸禽趕來觀禮
看八頭凶手如何墜入阿鼻
崖下竹子等著喝彩──你將擲出的
大勇句號。
沙土速描虎的臨終
嚴肅色料在畫面裡外奔走
整個敦煌屏住呼吸。

4.

卻非殺機，匕首在崖邊
接到的是涅槃的訊息
你已上緊至善的發條
皮囊貶值成空幻，
不躊躇，不思量，不評估影響

血把匕首焊在頸項
你跨出懸崖跨入涅槃。

5·

墜崖的色身，壓傷了
圍觀的動植物
摔爛宮中母后的痛哭
被胃液被大雪折壽的子民
耕地任它殘廢，農村淹水
就淹水。
無視這些，你把生命的色彩
全給了八頭凶獸
潑染六尺方圓的巨大慈悲。

0·

粗獷線條詮釋你
飼虎的毅然
我彷彿親睹畫匠的存疑手腕
歸還你給平面的骨塔
連同虎群將來的獵物
從病危到病死的國土，
很佛的大悲插畫
煽情在莫高壁上。

[1993]

封禪

如同秦王祭天武帝封禪你點著了香
手勢與心跳都非常泰山
裊煙負荷著大串訴求發育成大篆
努力用虔誠來控制煙文昇天的品質
深度信任你每天傳真的算盤
放心吧如來耳朵實在有夠大
無論經誦無論噴嚏私語一概無處逃亡

記得指定一株你方便的大樹
就這樣點著了香好像武帝好像秦王
自然會有列隊前來的不可勝數
死去的兔活著的兔將投胎的兔
前來被捕，不可勝數不可勝數的兔

[1993]

壯士

我轉入小巷即轉入二胡的淒涼
難道是盲人的暗室
色彩都離開了瓦階離開了牆
除了蟲避走的聲音大自然近乎全啞
二胡的小巷拉著潮濕的孤單

英雄飲空的罈是眷村給我的直覺
大氣裡掘滿戰地慣見的壕穴
雲是那年衝鋒的百萬大軍仍在衝鋒
堅持細說從頭
壯士用斷腕用枴杖細說從頭
毛匪與蔣公於是重逢於眷村村口
捨妻離母的壯士扔掉靈魂湧了上去
湧入巨人與巨人的棋局
黑子白子都是一枚枚單薄的考慮
用來過招用來拉鋸
一具具被賦於大義的肉體驕傲的棋

勳章交易了四肢交易了內臟
蛆蟲烘托起回憶的輝煌
‧‧‧‧‧‧‧‧‧‧‧‧‧‧‧

壯士的血紅眼神躍起久久才墜下
像嘲弄著大旗的落陽
撕開傷口一如解開錦囊
可以炫耀的全拿了出來
打造那尊銅像彷彿脊椎的銅像
其餘的器官關在陋室裡潰爛
蹲在捷運高架橋影下享受內傷
誰在乎？誰管？

吶喊過風雲的假牙使勁吐出：
老兵不死，不但不死
還跟銅像併肩活著挺胸活著
（在一些懷舊的鄉土小說）

[1993]

卷1　我們都讀過英雄

守墓人

我的生平葬滿鬼魅夜景
蠕動的墓誌銘　綠色的怪聲音
我是義山的掌門獨守幡飛的孤寂

不同的陌生人送來陌生的魂
我開關著陽界和陰間的門
孝子的鹹眼睛　不肖子的酸口氣
清明的熱鬧　一整年的冷冰冰
天和地的日記裡都是：陰有雨

躺下來的躺入另一座人間
月光防腐住悲情和歲月
反覆地想當年　不外乎那幾件
茅草是他們滔滔交談的舌頭
風把方言從山峰傳到山峰

守著盜墓的賊子　野狗的爪子

我是大大一團活著的磷火
只在深夜的故事裡出沒

[1994]

戲子

只有在台上我才是活存的
但我不會是我
只是歷史的片段　人物的忠奸
掌聲全賞給被編定的身段與唱腔
我用靈魂雕塑著名望以及票房

只有在台下我才是真實的
而我不再是我
動作裡重疊曹操與秦檜的陋習
齒縫間夾雜一品到九品的語氣
記憶早已過度塗鴉
生命頻頻上妝卸妝而鬆垮

到底台上還是台下我才是虛假的
聲帶不敢回答　魚尾翻了翻
時間兀自老化在觀眾席上

[1994]

相師

把你沒有信心的心交給我
把你有問題的掌上地理

臉是氣象的江山　命運的形下
眉毛是飛起或飛不起的翅膀
五官預告你未來的興亡
快把八字交給我加減乘除看看

動用易經的力道　太極的技巧
我的食指把住你赤裸的心跳
話如游龍先峰迴再路轉
你似盲人騎瞎馬被我斜斜端在掌上
任我把螢火說明成太陽
把長長一生像畫符般規畫

把你失去邏輯的命運交給我
把你腦海裡潛泳的懷疑

[1994]

河渠書

1.

咱們村裡沒有留白的風景
放眼都是米的意象汗的隱喻
穩定的辭彙蠅聚在此父死子傳
土地提供了夢想也鎖死了夢想；

雨水和月亮為它寫下農曆
年號是久不久便更換的蓑衣
它以慢火燉出漢子熊樣的筋骨
怪不得它貴姓他們就貴姓；

土地是男人的靈魂男人的肉體
爺爺這麼告訴阿爸這麼告訴我
阿爸只好貓著腰去服侍一輩子野草
我知道我將繼承這畫面並擔任主角。

2‧

坐在我九歲的河邊爺爺演義著大禹
還說這尾治水大魚的肉很有彈性
「人啊吃得飽最要緊，
讀不讀書小事情。」

學堂是那位還鄉先生的餿主意
每天孵著一房子跟屁的書聲
我的課本是休耕水牛的瞌睡眼皮
溜出窗外我神遊一哩接一哩……

河趴在兩哩外的地方蜈蚣一樣樣
歧出的水渠齊齊梳進隴畝
通常我只神遊到河的西岸鵝卵灘
它的流向莫說爺爺連先生都不去想
河渠只是一群跑龍套的小配角。

3‧

排排坐在權充客棧的廟堂階下
旅客阿丙用洋菸誇耀輪船素描商港
「他們穿怎樣的簑衣多高的木屐？」
「米呢？種在丈八的官道兩旁？」

問號蛾般朝拜阿丙得意的顴骨

河的解釋裡浮現陌生的船隻
一艘艘來自省城的怪名字形容詞……

化作一根急躁的鑰匙衝來
河渠漏夜解開了土地給我的枷鎖
我握住無限可能的水質和流向
產生強烈的枯魚對活水的渴望！

4．

溫了酒擺好筷等爺爺他們回來
舌頭這彈弓已儲夠背井的彈子
土地請出踏實的祖先把我狠狠踏實
並預演阿爸給日頭蒸乾的影像
阿媽把奶奶的草藥煎成斤重的鐵環
穿牛鼻般穿上我宿命的鼻孔
罷了罷了將彈子全吞下灌一碗湯；

稜角分明的夢想安葬在河西岸
跟其他死者一塊磨成認命的鵝卵
河渠仍不放棄召喚走吧走吧
但我已淪為另顆紅薯讓后土咬住
我們都是注定耕田的水牛
你不如留意學堂裡有誰再神遊。

[1994]

世界和我

1・

乳牙給我金剛鸚鵡的力量
舌頭成天在搜刮各種新鮮名堂
世界真的好大啊當時我好小
一條快跑的田徑就很要命了

「對蚯蚓而言一畝等於整個大地，」
老師還強調：「有出息的夢
是車水馬龍的。」
什麼是車水馬龍？妖怪嗎？
耕種的早晨是愚蠢的早晨嗎？
有吃奶鯨魚的海洋是真的嗎？

我每天瞭望這名詞想像這生字
世界笨拙地躺在紙上像鳥的書法
我決定把它蒸成一個最大的包子
比我家的田瘦子家的田豬頭家的田還大還大

裡頭有⋯⋯有⋯⋯有村子裡沒有的東西！

2．

「世界不應該是這樣的——」
根本沒有視野沒有誰關心晚霞和麻雀
社會向我走來，說別再喚它乳名了
它已經長大穿著和我一樣的鞋碼

我抵達這具叫社會的胃臟
它先消化掉我策劃多年的烏托邦
再告知我作為一尾生魚必須把握時機
為了房子的坪數孩子的磅數
必須一片片刨掉自己記得要用力

如同活在一顆溶解中的膠囊
我只是被消耗的資源和營養
在慘淡的夢裡對仗都市和村莊
用咳嗽來押韻呼吸缺氧的地方
恆牙給我推磨驢子的力量

鄉下那片水田來信，我草草回了幾句：
「我的世界縮水了而且走樣
好懷念那群粗話長到要標點的夥伴
那氣喘的田徑快跑的汗

等我扛不動石磚，再回家……」

3·

帶著空曠的牙床告老還鄉
風景全退休了更認不出街坊的臉
生命完全蝸進一種季節便是冬天

從社會那胃臟滑入人間這蠕腸
它叫我住進廢棄的闌尾小巷
路過的光怪術語對我愛理不理
喂好歹也算是一張選票吧還呼吸的！

老夫和老狗呆坐每天飯後的門口
反省老師當年那句車水馬龍
門是存在與不存在的疆界
人間風流在外面老頭等死在裡邊
門神把門砰的一聲關上閂上：
「這裡就是你的人間。」

好吧好吧統統人事歸納成卦爻辭
讓醫生用病歷表計算殘餘日子
無聊透頂才放一點人間進來
以螢幕聲音和版面型態
說存在也行不存在也沒關係

反正有門神陪我聊聊當年下下棋

昨晚，早走的老伴來探我
我躺在醫院的床上
雨很大雨淒美著咱們的對話
兩支牧笛在聽覺裡萌芽
把我吹回生命的丹田竹馬的歲月
世界還是兩個生字熱騰騰的包子……

[1994]

曹操

1・大陣仗

氣數已盡的東漢因而氣盡
馬上的將軍扣住了史官眼睛;

不管喜不喜歡,史官都得
攤開耳膜承接他噸重的馬蹄
交出瞳孔供奉他的一生言行;

偶爾採近距離(在現場旁聽?)
把他的辭令謄下再裁剪
將口語濃縮成精煉的文言,
「歷史必須簡潔」
(是的,歷史必須剪接)

有時遠遠下筆(在前線大本營?)
緊跟在將軍戰馬後方的
很少是肉體,多半是史官的想像力

事後採訪其他將領再作筆記；
大陣仗如赤壁如官渡
勝負分明，戰略又清晰
只需在小處加註，在隱處論述……
「歷史就是這麼回事」
（沒錯，史官就是這麼盡責）

史官甲和史官乙的聽力與視力難免有異
正史甲和正史乙所交集的部分
只有大陣仗可以深信
只能用大陣仗來說明將軍的生平。

2・大氣象

詩史寫到建安就得爬一座大山
歌雖然短，但沒酒不行
朝露被逐吋的海拔逐吋驅散
聽覺裡全是呦呦的鹿鳴……

將軍在山巔在海底沉吟
等待石土來歸附如地層大褶曲
河川或小雨都歡迎到此棲居
雄心具象成烏鵲與周公的比喻；

這麼一支不停發育的大軍在等待

一幅蠢蠢的鴻圖在等待
等那智慧的筆、莫敵的刀
把天下拼回龜裂前的原貌;

後人讀到建安就得爬這座大山
爬過去才了解山的內在地理
其中必有疾風和驚雲協助分析。

3・說書的祕方

全是英雄好漢的演義誰看?
沒有忠奸二分的歷史毫無票房
羅貫中的做法是飯碗使然;

像麵團,三國志在掌裡重新搓揉
拇指虛構故事,尾指捏造史實
代曹操幹幾件壞事講幾句髒話
讓聽眾咬牙,恨不得咬掉他心肝
再點亮孔明似燈發光,供大家激昂
啜一口茶,史料搓一搓
瞄準群眾口胃,掰完一回賺一回;

魏王被票房抹黑復抹黑
正史也黯然閉上爭辯的嘴
沒有誰懷疑其中的冤情

任由說書人微言獨家的大義
野史大模大樣地登基。

4·白臉刻板

葬掉善性，漂去多元表情
上一臉刻板的白白的妝
演一齣板刻的曹楊戲碼；

戲子走進觀眾的印象密室
打開教育的匣子，取出
並穿上約定俗成的戲服，
身段精湛但非關翻案
唱腔一路陰險下去，直到結冰
陰氣像蠱，啃食台下的智商
視覺與記憶的曹賊內外夾攻
白臉啊白臉當場再次蓋棺定論！

戲散，感同離開考場
大夥兒拿著經鑑定的證書回家
「曹操，本來就是奸的嘛！」

5·齊聚一堂

我的閱讀始於哥哥的連環圖
止於昨日才看完的裴氏注

兩支兵馬便在肺裡廝殺
最後求賢令引爆了我胸膛
整個書房向梟雄的豹膽投降！

羅貫中很不以為然地敲我腦袋
想放幾尾杜撰的龍蛇來把我殖民
我翻出一堆史料堅守城池
第五組曹操寫到這裡……

曹操就來了！

殺氣騰騰地坐下，劍放桌上
奪過羅子的龍蛇單掌把玩
「還，還你清白，好嗎？」
「不必！」
魏初的血腥似狼群竄出冷氣機
第五組曹操寫到這裡不得不停筆。

[1994]

屈程式

F1：端午

端上一串促進午睡的大作
有龍舟自詩人咽喉夾泥沙滑落
我被大會的高潮深度催眠
隱約回到屈原註冊的江邊：

地點是汨羅沒錯
時間約在ＢＣ二七八年
離屈原投江才兩天，
過半的楚民蒸發成厚厚的雨雲
麻質的空氣把眼白狠狠刮傷
淚腺是支流將悲情灌滿……
「但我不認識他。」
「難道你不會假假哀慟
假假身置其中？」
「像那些所謂的詩人一樣？」
「嗯，創作你逼真的化妝。」

空洞且巨大的吟誦把我咬醒
抖落夢屑，我左看右看
觀眾的掌是船槳在推波在助瀾
詩人陶醉於自己的鼓聲節奏
往年的大作與來年的大作互相拷貝
同樣的基因同樣的體位在此交配
「屈原只是皮影戲裡的皮影？」
「不然你以為。」
我不得不離去，像一隻異形；

背後又一首大作像火箭隆隆昇起。

F2：端午

外婆端來一顆稜形的午餐
味蕾忍不住跳起來鼓掌
大腦把屈原隨手冷藏，

香氣是明礬沉澱掉人文思想
我熱血沸騰一百度感動：
那五小時裹粽的手
那五小時灶旁的高溫忍受
我感同當年汨羅裡的魚群……
（單憑這點就該把屈原吃乾淨）

跟每位端午的食客一樣專心
我穿透糯米的彈性
用筷子分析歷史與傳統的內涵
果有偉大心臟和感人的鹹蛋黃
以及虔誠的貢品如大豆如蝦米
結構嚴謹，條理清晰
還保存從竹筒原型演進的痕跡；

將抽象的端午吃成具體的端午
我們都用永恆的味覺來記憶佳節
粽子已提昇到象徵的境界
在潛意識裡取代屈原。

F3：愛國

下午兩點，太陽七十度傾斜
汨羅在同學的朗讀裡涸竭
課本有空白地方，我試著演算：
【懷才不遇×愛國÷投江】
屈原從標準答案裡走出來
似銅像，站在課本中央
頂著崇高的天花板；

其實思考與情操已被殉國濃縮
宛如天龍自騰雲裡隱沒

課文簡介了四段，才提了一行
死亡的衍義張開巨大蟒嘴
吞盡屈原的壯志和憂患像吞蛋
我們的胃液靜靜旁觀
卻再三反芻蟒嘴的評斷！

「愛國」是一言以蔽之的說法
很官方，但簡單又難忘
經讀本注射到忠實的大腦
這一支支愛國的思想預苗
培養出屈原單一的偉大面貌。

F4：離騷

它本身就是個獨醒的世界
楚的神話藉此發源
但神幻的翅膀是困惑與憂傷
沉重的意象在九歌裡飛翔，

靈魄全轉換成小篆
楚辭裡的屈原才是屈原
但文本裡導讀的磁場非常強大
自秦以來也只有一種讀法，
強勢的生平固定了我的眼睛
簡直像拓碑一樣

我是那緊貼的宣紙無從掙扎；

但我終於讀懂臨江的心臟
聽到和漁夫的深邃對談
屈原獨獨醒在自己的敘述裡
香草與惡草交織成蓑衣
我穿上這件離騷走近，
總算清楚看見那皺紋很深的臉
鳳爪般修長、有力的指節……

我直接聽懂了楚的音樂
在二十歲的九月，秋天。

[1995]

再鴻門

1・閱讀：在鴻門

來，坐下來，翻開你期待的精裝
展讀這件古老的大事，在烈酒的時辰
在遺憾叢生的心理位置。

如你所願的：金屬與流體的夜宴
音樂埋伏在戈的側面，像鷹又像犬
偉大事件的構圖不留縫隙
氣氛裡潛泳著多尾緊張的成語
你不自覺走進司馬遷的設定：
成為范增的心情，替他處心替他積慮；

情節僵硬地發展，英雄想把自己飲乾
你在范增的動作裡動作
形同火車在軌上無謂掙扎
劍舞完，你立刻翻頁並吃掉頁碼！
也來不及暗算或直接狙殺

你的憤恨膨脹，足以獨立成另一章。

來，再讀一遍鴻門這夜宴
坐進張良的角色，操心弱勢主子
會有不同的成語令你冷汗不止。

2．記史：再鴻門

是一頭麒麟，被時間鏤空的歷史
是一頭封鎖在竹簡內部的麒麟
「沉睡，但未死去。」
司馬遷研磨著思維與洞悉
在盤算，如何喚醒並釋放牠的蹄。

敘述的大軍朝著鴻門句句推進
「這是本紀的轉折必須處理……」
「但有關的細節和對話你不曾聆聽！」
「歷史也是一則手寫的故事、
一串舊文字，任我詮釋任我組織。」

寫實一頭遙傳的麟獸
寫實百年前英雄的舉止與念頭
再鴻門——他撒豆成兵運筆如神
　　　　亮了燭，溫了酒，活了人
　　　　樊噲是樊噲，范增是范增

歷史的骷髏都還原了血肉——在鴻門！

劍拔弩張的文言文，點睛的版本
麒麟在他嚴謹的虛構裡再生。

3・構詩：不再鴻門

本紀是強悍的胎教定型了大腦
情節已在你閱歷裡硬化
可能結石在膽，可能開始潰爛盲腸
八百行的敘事無非替蛇添足
不如從兩翼顛覆內外夾攻！

但我只有六十行狹長的版圖
住不下大人物，演不出大衝突
我的鴻門是一匹受困的獸
在籠裡把龐大濃縮，往暗處點火：

不必有霸王和漢王的夜宴
不去捏造對白，不去描繪舞劍
我要在你的預料之外書寫
寫你的閱讀，司馬遷的意圖
寫我對再鴻門的異議與策略
同時襯上一層薄薄的音樂……

[1995]

達摩

1：少林幻象

我要用十座嵩山向你述說達摩
十座讓獅吼隆隆迴響的嵩山
所有的晚鐘都像大蛇緊緊繞樑
快，騰出你整副聽覺
接收我話語中的金剛力量

扔掉你的少林印象
扔掉你潛意識裡的老方丈
什麼龍爪手、金剛掌，都扔掉！

正襟危坐，在禪堂中央
我啟動法輪的同時啟動你的想像
彷彿穿山甲，使勁穿透武俠的膠裝
沿著頁碼追憶，用思想的輕功
你將在扉頁追到達摩的背影

他會用單純的坐姿告訴你：
「我剛剛參破了小說的魔障」

2：虛構達摩

我們總是抱著那罈酒釀的哲學
去痴戀古老的塵埃和各種龜裂
更沉迷於湮遠事物的還原；

手段是諸子捏造聖王的手段
禪師們圍坐大唐的道場
創作達摩的五官，描寫如何渡江
只給他一葦驚心的虛線……

虛線引發不可收拾的武俠
乾瘦的原型在小說裡日益高強
像沙洲，在你腦海淤積
像蜃樓，發育成真實的地理
小說慢慢有了小說的達摩
七十二門絕技把經籍狠狠壓縮。

3：閱讀達摩

你也許在小說裡讀過達摩
除了轉述的武者形象
不聞大乘，非關佛法；

你未曾讀過達摩！

每一枝動武的筆只是它自己
志在你的虹膜書寫易筋經
達摩——就是作者巨大的魔掌
降龍般負責降伏你閱讀的心房；

你永遠讀不到達摩。

4：木魚死去

木魚在武俠的意義中死去
佛走了，貝葉落滿地；

小說把達摩禪讓給電影
從鞋印到袈裟，都很武俠
全力迎合你生根的印象；

鶴拳淋漓展翼，虎爪盡致生風
少林的達摩已不必分析
讓我用十座，或更多的嵩山告訴你：
「真相本身也是一種虛擬」

[1995]

麒麟狂醉

麒麟狂醉　是因為夫子心碎？

聖獸的童年　塗鴉在春秋如竹簡削瘦的臉
天空貧瘠　辭藻盡是青銅色的狼煙
我不願在此動用典故　也不詳加描述
旁觀夫子疾筆走過龍蛇產卵的廢墟　而麒麟
骨架僅僅發育出寥寥幾筆　掛不住政治語碼
軀體內部沒有神話可以提取　真理可以諦聽
太累　手跡工整的《春秋》寫得太累　麒麟猛睡
而夫子　不想對賊慾橫流的春秋　不想對
他心碎的斑駁亂世　作色澤豐盛的詮釋
任憑牠的模糊映像在鹿部裡幽遊　高興出走就出走
像詩脫離詩人的五指山　只要翻個筋斗
把麒麟歸還給麒麟　讓牠奔向你們大雪紛飛的眸子
為自由痛飲　牠川流著四肢不息的酒勁
蹄放鬆　踏出大量學術與非學術的風景
我袖手　笑看無限延伸的衍義流雲

麒麟狂醉　由於身世越來越曖昧？

一而再　再而三的被誤會
你們拼貼牠孤陋的骨架　組合器官
推斷出無數頭朦朧的走獸
麒麟抓狂　在不同瞳孔不同直徑的角力場
是我不該把牠當作詩的隱喻　還是
那語言的雲氣　意象的幻影
嚼碎了你們的腦神經
我問飢餓的胃　說是一頭鮮嫩的羔羊閃過
K書的眼鏡卻更篤定　那是學步的幼龍沒錯
還有幾位少女　被豺狼的陰影吮吸著淚珠
夫子草繪的聲符　在千百種解讀中幻化
你們想像的元素明明近親繁殖　卻又相互排斥
失守了身世的原始據點　失守了夫子
當初撰述的微言　麒麟困惑
我挪近燭火　把牠夾進厚厚的《詮釋學》

麒麟狂醉　是誰盜了牠的淚？

我認識與不認識的詩人們　飼養然後四處遊牧
一群接一群　五官模糊的麒麟
牠們遺傳了他們　或大篆或行草的脊椎
或驢子或狐狸的骨髓　奔向你們雪深三尺的眸子

尋求供奉聖獸的天靈蓋　叩問一千個
靜靜讀詩的夜晚　燃起眸子的火把
這可是忙於刷卡的後春秋　群妖亂舞
在大東區　在荷爾蒙焗爆的西門町
一滴啤酒　光這麼一滴唾棄詩詞的啤酒
讓麒麟從pub的吧檯　從cité黯然離開
一路跌跌一路撞撞　回到副刊勉強
騰出不起眼的一間小小馬欄

麒麟狂醉　只因為牠不得不退位——

既不敵　櫻木花道驚心的灌籃
亦不敵　浦飯幽助的三發降妖靈丸
更何況你們這群　太平盛世的小老百姓
吃飽撐著　寧可伺候一隻電子雞

[1999]

觀滄海

觀滄海　在鷹目之極
大地之東
碣石諦聽我心的溶岩竄動
記述天地如何向我
誇示它無垠的開始和盡頭
浪從容　我的呼吸奏成汪洋的曲目
音符圍繞　一座狂野的島
以及巨大的浮沉　是藍鯨
是捨我而去的壯闊！

不知幾千里　苦苦追尋
牠越過我懷裡穩穩冬眠的劍
越過所有牠可能越過的失望與埋怨
我如鯨的氣勢已然萎縮
磅礡的詩篇潛入太多
柔弱的螺聲　大敘述
只能邁開螃蟹的小吋步

創意靦腆地凸起　　彷彿海星
詩的危城　傾頹了三分之一；

觀滄海　從鯨之背
到陌生的經緯
大水滄滄　天地的交界懸掛在胸前
我想撐起一千帆也撐不住的風勢
企圖靠近五百年難得的梟雄
套用他的視野　他吞吐流雲的肺葉
濤聲推擠我的呼喚
推推擠擠　　退退進進
卻孕育了宛如喉結的一顆宇宙
在大海之西　　喊住
我的藍鯨——

觀滄海　在史詩的顱骨
意符退潮的內部　我握緊
梟雄筆下的風雲　掌中的劍氣
感到久違的大雨自血脈沁出
然後暴長　以傘的千次方
似海嘯　我的語言橫行
在 WORD 的視窗
雷厲地句讀　我日益疲軟的節奏
隱然有山島對峙　如世仇

在檔案深處　而注音
已層層雲集在指端
十指是觀音靈巧的千手
將豪情鍵入　漢字如鯨魚騰空
筆劃密密落下　像細雨
吻上山崖陰晴不定的表情
想像和它的皴法
讓敘事的路徑有了雄渾的風景
零下典藏的夢　——解凍
沿著藍鯨回航的水紋；

可以還你了　梟雄——
還你昨日借我的大劍氣
借我的敏銳觸鬚
藍鯨已溯返牠原生的腦海
我驅動停擺多時的洋流
格局豁然開展　步步鏗鏘
鯨吞你昔年遠眺的山崖，

是碣石　和梟雄的古詩
見證了我的宇宙
甦醒　在鷹目之極大地之東。

[1999]

將進酒

將進酒　醉死方休
忘卻我們身處的沙漏世界
萬物的本質都是雲煙　剎那就百年
更別在乎
昨天有人讀你的目光像嬰兒般短淺
惟獨我抽屜平躺的明鏡
能判讀你的白髮你的兩鬢風霜
真的　我真的看見大雪髻起了燕山又輕輕放下
答應你
我的慧眼　讓你藏龍一千年
孕育你想寫卻久久不敢下筆的磅礴詩篇；

扔掉酒杯　反正它不能盡歡
扔掉所有抒情的綿綿骨架
掉牙的老規範
飲酒豈能用那如蝶的手勢　如桃的嘴唇
我們的詩篇

容不下　　那些終日喃喃
自以為很悲慘的詩奴和墨客
來　　換個大碗
莫要假設你置身的場合　　莫要度量
山水可能的尺寸
都別管　　眾神何時典當了詩想與光環；

將進酒
讓詩　　讓頑石撞擊頑石的節奏
飲進龍的鬍子鱗片和膽囊
酒精盤踞筆尖
把宇宙摺好　　墊在宣紙脆弱的背面
亮出你醞釀多年的史詩
修補場景　　調整光線
種植思緒的喬木　　開墾視野的沃土
筆如快雨　　向我描述你族人的刀法
前賢的刑律
快雨急晴　　主旨躍出它多霧的山林
情節是一串銅鈴嘹亮在十級的大風深處
你的龍
你獨自飼養的語言和氣勢　　在眾生
無比庸俗的瞳孔之外醒來
靈魂爬到詩的高峰
忽冰忽火的敘述咬住我的閱讀

齒印還痛
靜脈動脈都是烈酒——

杯莫停　繼續我們醉死方休的狂飲
把整個世界忘記
剩下史詩　剩下詩史斗大的眼睛
長句微醺
你吞吐著黃河止不住的水勢
寥寥數語　全是雷霆
每一擊都離不開宏大的天文與地理
我撫摸　細細撫摸你的淚
你的龍吟
管他什麼五花馬　千金裘
醉死方休啊　換酒換酒！

答應我
你的詩篇　讓我沉醉一千年
狂放你的創意像洪水拋棄狹隘的河床
給我暴雨
給我洗淨天地玄黃的塵埃　我相信
惟有狂飲留其名。

[1999]

我們都讀過英雄

我們都胡亂讀過那麼幾個
環肥燕瘦　假假真真的英雄
生風的馬蹄迷住我年少的夏天
心中奏起　懵懂的古華樂

多少年後我比英雄長高了三吋
跟前逛來逛去的
仍是那隊失效的宏辭
我遂把傳奇一一交還給史記
英雄便沿著長亭更短亭的描述離去
背影是一團黯然的粗黑體
被刪除的小標題
馬上就有機靈的形聲前來
暗示我　用陰熊這指法
去捉摸　英雄不可告人的骨架
撬開野史鬆軟的夾層
聆聽那陰險的鶴唳　熊燃的馬鳴

後來我也學人寫了那麼幾個
從未謀面的英雄
二十五塊魁梧的辭藻一起動身
花三十行寫一場硬仗
用七十字扶英雄下馬
截長補短　單憑我鼠目的吋光
你想到的柔嫩情節　一律省略
省到大家都弄不清楚
那天英雄到底有沒有拔劍……

直到很後來我才跟許慎一起發現——
英，從艸央聲
雄，從隹厷聲
我們成天背來背去的
竟是草叢中央一隻厷厷大叫的山隹
想想也對
記得有位偉人說過：英雄的口感
好比　巫女夜宴的一大鍋湯
由健美山隹熬成的　很實在的湯……

原來　原來我們都胡亂吃過那麼幾隻
從艸央聲的英雄
喝過　從隹厷聲的上癮湯頭

[1999]

野故事

我們當然嫌棄歷史這老土的文體
隨手一扔　那易碎的舊質地
有人撿起文言的片語
虔誠敲打　如木魚
有人從遲緩的回聲提煉出青銅
從裂縫　化驗出剝落的法律
難怪我們擁有一個
同樣古板的先秦　同樣單色印刷的
南宋和晚清

我們忍不住去寵愛說書的嘴
那是一隊懂得盜墓的
精明竊賊
從梟雄的墓誌銘　盜走不斷增值的奸表情
借東風　擺空城
我們親臨刮骨現場聆聽那短刀的說法
往前幾章就到臥龍的山崗

再往前　便是桃樹
和它偷偷記述的野故事
別告訴我　這是陳壽原版的三國

快板在催促耳朵　豈能錯過
俠盜與生辰綱私下的密談
黃曆提供了位置　讓事件越軌演出
三碗酒　痛飲在傳奇與悲劇毗鄰的山頭
一陣大風起兮的預警
書頁如猛虎撲鷹　一時分不清
第幾回
才是熱血　才是拍案叫絕的謀略

在野的故事　乃英雄從不示人的刺青
令人上癮的猙獰
有流雲　撞擊豹子的額頭
有龍紋　化成捕風捉影的九套棍法
太尉冷顫　花和尚拎著酒罈
提著蠻橫的方便鏟
往正史結霜的坑底加炭　一下烘暖
我們早已忘盡趙家三百年的賬目
內心囤滿
北宋　一百〇八座易燃的星宿

故事如野馬歧出古板的官道

低頭躲過雍正的血滴子　呂氏的劍氣

我們記下從容就義的剪影

手部和刀部的字　把話本嚼得十足牛筋

我們深信那些從未說過的對白

從未精彩形容過的動作

一度活在英雄不曾被提及的少年章回

王城爭霸

我們再度沉迷不拔

稗官把全部的猜測和崇拜鞍上戰馬

讓劍眉　顛簸成非常英雄的筆劃

[1999]

大江東去

大江東去　浪淘盡
草草存檔的名字　不及下錨的魚
礫石是淚
有待翻譯的遺跡
把凌亂　視為道家的筆誤
時間騰出水溶性的篇幅
我穩坐在岩層頂端
看水　用速度
調整漢語的音韻和筋骨
逐段沖刷　詩史長滿齟齬的河床
我的硬碟便如漩渦在運轉

枯槁的詩　日益粗糙的話語
被大江囫圇吞去
可別再端出駕鶴西去的舊韻腳
或螺帽鬆脫的破格律
水啟動它的時速四十海哩

我相信

唯有大師　能在江面烙下結實的跫音

像橋墩一樣驗證它的定律

我也相信

有玄武駐紮　在水中央

歇斯底里地守住　化整為零的佳句

一邊聽命於時間壯麗的手語

岩層高舉我在微苔的頂端

看那後浪囂張

前浪黯然

人道是　大自然的世代交替

浪淘盡　佝僂的現實主義

淘盡韌度不足的結構　和張力

唆使亂石穿過鬆軟的評語

總要有一些驚濤拍岸

一些岩石大聲喊住過動的浪花

我的詩　是不是啟航得太晚

錯過捲起千堆雪的年頭

雖然江山依舊

該如畫的如畫　該潑墨的

卻潑糊了兩岸

盛世　退到遠方

連魚　都不想產卵

我怎麼看也看不到東坡屹立的天涯

大江東去　無非為了考據大師的航線
我躍上想像的制高點
活絡著鰭
曙光的螺紋穿過我準備多年的逆旅
綑好詩　醒目的僻字
滿懷憧憬的韻母起義了措詞
一副很浩大的樣子
好了　不必提醒我
多少豪傑　煙滅在詩裡行間
我偏要把自己鍵進去
一字一字
管它灰飛與否　煙滅也罷
我只要
一條可隨東坡而去的大江

[2000]

大哉夢

大哉夢　學嬴政測量天下的尺寸
城池的數據　王者的陽謀
縮寫了河山的全開大卷軸
在手中

大哉夢　冷藏千年的痛
原來先祖的地窖藏滿渴望的好酒
天下啊天下
我的筆再怎麼站也站不穩
像一頭雄獅
在頭疼
該從何下口吃掉偌大個黃昏

大哉夢　讓劍影凝霜
在段首
一篇文章能承擔多少春秋
就多少春秋

不管有什麼質材的理由
總要有一波怒吼　一批斧頭
由時間栽培成名勝
和命運不可回頭的防風林
還要有一些宏偉的片段
鏗鏘的詞
像雄獅
充實我橫掃千軍的黃昏

大哉夢　北冥有魚
吞吐一塊冥想的陸地
我不稱之為鯤
說是幻影　說是夢境之外的夢境
但我著手規劃
詩的帝國　祭器和九鼎
一隊儀仗的麒麟
我偷偷等待扶搖直上的鵬鳥
帶來乾脆的雨　俐落的雲
如此冥想
一千種喬木加速生長
馬喝乾了河川
露珠蒸發了太陽
我的夢　盲目膨脹

大哉夢　學嬴政車同軌書同文
霸業是不容道破的蜃樓
我邁出虎步
飲盡所有烈酒　一筆
把詩　寫到文字的盡頭

[2000]

我的敦煌

我的敦煌很醜
都是洞
都是你不感興趣的老內容
佛要我把祂還原成爽口的陶土
飛天成煙
經成夢
木魚成那樟樹的心房垂危在斧中

某人寫實的念頭讓我虛幻的敦煌
有了
栩栩如生的藉口
蜃樓被印證成千年的城
駱駝　被譽為文明之一種
後來叫窟的洞穴一字排開
吹奏如笛
在沙暴　剛柔並濟的懷裡
我試圖為我的敦煌
草擬一個義不容辭的主題
替你的眼睛
配上跋涉萬里的器具

交代一些老朽的事物　和星圖
讓你有一條似是而非的絲路

不曾到過敦煌的我
在台北述說
十分宏偉卻有待顯微的廢話
駱駝和沙暴　掩護我不知所云的嘴型
好些被大膽冒用的譬喻
跑出來　喊冤
沒被貼切寫中的詞
到別處
經營他們所剩無幾的意涵
我很醜的敦煌
遂長滿了歧義的灌木
一朵閒雲　突然成了隋朝的隱喻
一隻腳印　榮升為唐僧的聖蹟

我沒有到過的敦煌
在測試
可能也沒有到過敦煌的你
你提起王圓籙　伯希和
聽過　但我不認識
反正學者和車隊就這麼來來回回
奔波了百年

佛好累
飛天都坐下來小睡
我的敦煌坑坑洞洞　還是很醜

[2000]

卷2　**都市的積木遊戲**

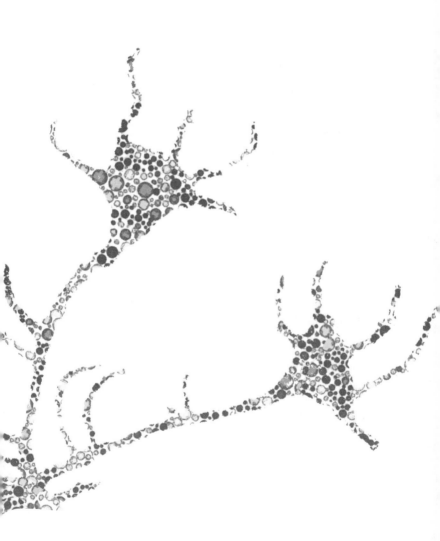

天使之殘光

天使之殘光
被書店　軟軟收容在腋下
哆嗦成廢墟的前身
我乃死忠的讀者朝聖而來
語言蹲在灰飛的界線
像警犬
守護隨時煙滅的信念

自架上抽出天使之肉身
彷彿枯木
不對　是脫水後的天文數字
邊恐嚇　邊引誘
我撬開那些昏厥的頁碼
指法森嚴　一如剝開洋蔥的層層鎧甲
很有替聖王開棺的感覺
眼皮咬住淚光
我看到

天使埋頭營造一座詩的吊橋
隱喻遊盪
振翼而去的排比　留白了想像
我懵懂闖進
一冊寂靜的暴風圈
符旨似趕路回家的脫兔　忽左忽右
陣風十七級
我睜大了眼睛
翻動頁碼　翻動頑固的洋蔥
指法絕對森嚴

該不該痛哭一場呢
天國萎縮到書架大小的規模
而我
被書海沖到都市的暗角落
但我執意伸出十指
想像它們是一群義無反顧的燭芯
直直伸向　天使之殘光

[1997]

盡是魅影的城國

盡是魅影的城國

暮鼓晨鐘

推敲著不可言說的山嵐

驟雨　和晚霞

題旨的內部　全是莫測的臉譜

單薄的唇　在敘事裡鬼沒神出

開始有人留意

用詩評點燈的手

有人發現　街道只是一行抽象的繁體中文

貓鳴乃子夜不留神的筆誤

總有無所事事的辭藻　在散步

國王呢

國王正把玩每一顆細明或仿宋

在城堡高高的七樓

又有人說

詩　這座魅影幢幢的城國

正如以上虛幻的描述
話是霧　舉止是霧
方位不明　只聽到韻腳不可告人的行軍
難怪山禽移棲到隔壁的文類
剩下幾匹固執的驢
不放棄　堅持耙梳大霧無以名狀的髮型
最後有人說
要是虛無也能組成一支大軍
連夢囈
也算得上是某種國力
這座城　終究將淪為書桌底下的
一隻孤魂
繫著自家的磷火遊行

鎖不住　我的眉鎖不住那怨言如霧
城國被預言的孤獨
國王應我
在七樓　在大霧奮起的北門
說他的城國即是詩
一種狂亂但恆久不滅的生殖
子民　和口袋裡買書的錢幣
乃春天不在意的貓鳴

推開北門

我鑱起一堆曾經燃眉的磷火
不知道　該說些什麼

[1997]

你簡陋的靈魂

你簡陋的靈魂
不要老是擋住我細讀宇宙的天窗
看好你的空洞
會弄皺　哲理剛剛熨平的衣袖

杯杯碗碗的細節
跺腳　在你搖搖晃晃的措詞上面
從瓷到辭
難道沒聽見你盜版的語言
嘎啦嘎啦地碎裂
說你是煙　我嗅不出菸草的品種
說你是一種冥想　我找不到思辨的螺紋
別再唬我了　你那重度發霉
鬆弛　又漏水的靈魂
乾脆
給我一丁點情節吧
至少　一丁點似模似樣的寓言

我想舔舔淚　薰薰燭火
聽聽Y世代如雷貫耳的脈搏

你那膚淺的流動
實在無法涉足成河
你太淡的哀愁　豈能硬硬朗誦成秋
沒錯　你頂多是一則偽裝的俳句
一隻瘦弱的魂
帶你的簡陋到外頭走走吧
走走古人的街　走走
今人形神兼具的店
調整你呢喃的音節　注意身邊的
冷牆與熱瓦　眸子裡兩儀的變化
你腳下穿著的破文字　勸勸它
別以為蹣跚　以為亂
便是某種很炫的後現代步伐

走路　確是一種跟古人今人
跟自己的對話
繭　能長個半吋最好
你的靈魂走起來才有一丁點
苦行僧的質感
以及味道

[1997]

給肉體一個理由

給肉體一個理由
大小適中　加上雞血石的妖冶雲紋
乍看以為是炊煙裊裊上昇
是的　你那貪狼的詩
貪婪的指　好歹捏個犀利的說法
堂堂皇皇地進犯覬覦的山川

好比利刃迎向絲綢
器官　把靈和祂的含蓄一併裁走
任由你的詩意蹂躪肉體宛若蝗蟲
慾望是冬至的大雪無從招架
瞬間覆蓋
你意淫多年的山巒
打開肉體之門　你濕熱的鍵盤
強行進入
並撕裂　我們讀過的每個春天

給肉體

一個深邃　且嚴謹的理由

從你的撫摸

我要體悟整個世代的顫抖

糾纏整晚的靈與肉

我要聆聽　你如魚得水的軟音色

寫意與紀實的硬節奏

吞吐象徵之霧　意境之烈酒

呼之欲出的字眼　忍在喉結

滷一滷　再娓娓端出

我如此期待你

拈花的巧手

別將肉體　翻來覆去

倘若你媾不出一個豐滿的理由

請速速結紮你的詩　結紮你的

自以為是

還我一張三分潔癖七分憂慮的紙

[1997]

能不能停止

能不能停止
那些修辭學的假遊戲
動不動就器官　就世紀末
硬是　把頹廢的字眼
像耳垢塞進耳朵

我——這個
五花大綁的主詞
供你招待自虐的意象
體液　往金屬的表面塗鴉
我活像一套陳年軟體
寫滿指令
只准　坐上自閉的沙發
收看　精神分裂的ＭＴＶ
只准墮落　放大縫隙中的疏離和空虛
只准重複公式裡的蠢事情

別再提起
被詩人殲滅的身世
是學理　把我修訂成你要的
異形
術語如鋸　肢解我的思慮
拼貼你似是而非的創意
都市端出它的詩三百　讓我
苟活
好比一尾瘦蚯蚓　囚進玻璃瓶

這裡頭全是刻板的煙囪　和溝渠
還有霓虹裡的　辣詩句
孿生的視野
奴役你灰暗的筆尖
巷尾的老闆說他
怎麼看　夕陽都不像
在比喻裡嚼過的檳榔
我家附近　也撿不到你憂慮的
惡現象
儘管被你描述得　多慘多慘
那鳥　仍在風的階梯上上下下

不要為了區區
八萬台幣的第一名

把我搓成一束軟鋼筋　或稀水泥

不要　把我們複寫成同樣的我

不要　刪掉一樓二樓和三樓的交情

說什麼很寂寞

我明明有一大票親戚　與死黨

真正壓迫我的

是詩的鬍鬚太糾纏

真的不想

迎合你　空洞有力的鋪展

躺成該死的沙丁魚

能不能停止呢

停止　擺佈我　和生活中的語詞

停止　都市詩的小把戲

[1997]

倉頡的積木遊戲

倉頡的積木遊戲
似嗎啡　釣住我戰慄的詩癮
指頭衝動
鍵入一堆所謂的　經典字句
如硬碟　我的思緒運轉到極限
大師的遺產
化約成隱形的道路和牆
一座 WINDOW 裡的壞都市
放縱我的語詞　隨大麻上昇
跟鼓點下沉

我使用指定的灰色　幾何
與人情的冰冷
來填寫壞死多年的
都市舊表格
把美好的　全（括孤）出去
把溫馨的　搓成小小六粒……

你是不必進位的小數點
只有整數般矗立的大亂象
才能被詩的口腔嚼一嚼　再昇華

積木如山　倉頡把我
逼進　窩藏噪音的死角
抹黑的言辭長出魔鬼的肉體
慾望的黑黴菌
在道德的內部無限延期
有人給我
FM2　給我把馬子的公式
還得準備一盒　色色的形容詞

看樣子
街道要以直腸的象形　被記住
辣妹要以玩物　或者
更高聳的線條　來刻骨

我們不斷回鍋　隔夜的老話題
學者繞舌的冷分析
讀者不捲舌的　台灣國語
在火的部首裡翻炸
或蒸軟
如此一座虛擬的邦城

還有什麼字眼　比孤寂更cheap
比空虛　更沒創意
又是黑夜　又是潮濕的暗畫面
彷彿詩國古老的惡靈
已侵占　你瞳孔最酸的直徑

上緊　動詞的發條
然後暴走　到都市詩的外頭
我一路猜想評審的怪表情
追憶　被蛛網圍剿的陳腐詩句
如果此刻有貓
把積木　統統弄倒
讓倉頡撞出一些真實的瘀青
讓都市看到另一個自己

[1997]

在東區

在東區
你當然找不到蒼鷹
多的是蒼老的詩人陰霾的詩句
可別走進詩裡的商圈
你會受不了賴在腳下的街道
被描寫成飼料槽　滿街都是
豬　和行走的馬
對詩不以為然的你
會不會用老存在主義的嘔吐
來吐出自己？

忘了誰的建議：
剖開書寫的內部告訴它們
這裡頭
有路線固定的地圖
風景統統裁成固執的尺寸
好讓理論寄生

在陰霾意象裡的豐滿水分
詩　必須栽在東區
最營養
最狂亂的小腹

想像我
去角質後的大東區
凡是有關現代的全裝上抽象的齒輪
運轉　在天空狹長的典型
把高樓典型成猛獸　或暴龍
把男人　典型成菸和啤酒
抽脂後的詞藻
像行星
公轉在不斷萎縮的腰

我學那叫詩鬼的李賀　在街頭
琢磨一個下午
吃完　SEVEN-ELEVEN的御便當
冰凍的摩卡
推斷牛小排　推斷千遍一律的鋼筋
兩者在結構上的關係
分析跳接的詩句
是否跳過柔軟的人情
分析詩史

歷久不衰的陷阱

相去不遠的成見　和御飯團
統治著都市
和不可告人的詩
我翻閱誠品
一本接一本有關都市的論文
東區的幅員越來越大
不及招架
誠品翻閱我
額頭陷入Ｃ罩杯的八月　都是汗

萬物緊張
我說我要一面塗鴉的牆
有人叫它作詩刊
我苦苦翻遍加起來數百期
藍星現代詩和創世紀
還有笠
但見搖搖欲墜的蒼老　和陰霾
找不到東區的令人髮指
或愛不忍釋

下一個驚天動地的下午
我發誓　要歸納出

本質
把東區窩藏在800×600的窗口
永遠十一級的華康新細明
永遠的冷街道　硬表情
永遠的御便當和摩卡
你將讀到
都市　完美刺青的小腹
我發誓　（但你不必相信）

[2000]

埋怨

埋怨　像顆粒很粗的磨砂
在追捕　想鏟平
都市臉上大大小小的問題
然而粉刺頑劣
老是長在詩的邊緣

好比青蛙埋怨牠的井
我們喜歡埋怨
接踵的公車和新聞
道地的老人和滷鳳爪
工整的捷運車廂和馬市長
連一丁點欣賞
都談不上

有什麼好埋怨的呢？
我們把幾千個教授種在市區
長出臺大師大和誠品

我們強調文化與高學歷
偏偏神的旨意
栩栩如生
座落在相去不遠的松江路
路人連一棟像樣的大廈
都舉不出
隨手掏出幾張
急急如律令的符咒
不說地址　可大家都懂

我們深信科學
的背面
永不過期的檀香
關老爺不容質疑的丹鳳眼
在市區
關照我們皮包鐵或鐵包皮的命運
無數個例子
注釋在生活艱澀加詭異的位置
我們不得不深信
教授們
謄寫在黑板之外的冥冥
造化弄人如逗狗
給你跳蚤
給你骨　給你癲癇

再給你符　符上盡是讀不懂的偽草書

在市區
車子得到新的無鉛汽油和法律
神得到廟
人得到上上籤
狗得到狠狠的一腳　和
包子大小的慘叫
我們在民權東路　邊走
邊埋怨：便利店真狗遠
吃在嘴裡
又埋怨：好一個狗養的
速食主義者的春天
然後行經
三十家湘粵客閩日法美義的餐廳
持續埋怨　視而不見

在廟和大學並肩而立　互通有無
的市區
我們享用完
再用詩來凌辱所有的便利和工整
一體之兩面
一魚之三吃
詩人吐出四兩油膩的笨選擇

讀者吞下五斤困惑的怪見聞

詩與事實私生的市區
我們埋怨一切
連自己都覺得自己
很討厭

[2000]

音樂

音樂收割了全部耳膜
pub變成聾子的手語室
你聽不到我的廣式國語
我努力判讀
你如蚌開合的情緒
其實我們都只顧著講　講講講
內容像大雨落在湖面
像駱駝走在沙暴正中央
聽覺於是有了
深不可測
卻又不肯打開天窗的大負擔

幾經修飾　我才稱之為
音樂的四合院
杯子是無所事事的天井
讓你蛇行的言語偎近我十級的重聽
你隨手　我也隨手

撕下話題
還帶著狗咬似的毛邊
揉成球狀
往彼此的臉上扔去
我們學會
在大概之處　猛點頭
在你喘氣或歎息的時候
接上我早早潤好的喉嚨

遊戲無聊地玩著整晚的我們
音樂是桌子是椅子是燈
它喜歡被依賴
被寵壞　被當作狡兔的門鈴
貓的蒲團
我們不斷餵它廢話　餵它
像木屑一樣的牢騷　滿地都是
續杯後的虛字　或語助詞
維特不時走來
鬆懈你天使的鳥翅膀
再拉長　我魔鬼的豬尾巴

音樂是耳膜苦苦鋪好的雙人床
我們躺在互不侵犯的位置
互相侵犯

在成為詩人專利的

凌晨三點

熨平應該很皺很皺的深眠時間

各自沖洗自己的形神

用帳單　在話匣子的暗房

[2000]

這個詞

這個詞的身上佈滿灰塵
午夜　我聽到撒哈拉的歌唱
像一株仙人掌
搜集了足夠的荒涼
讓詩人　老想靠在這個詞的肩膀

有人用莊子的大道
來形容這個詞
在屎尿　在螻蟻　在KTV
在都市竊聽人們的小祕密
化成腹語　寫成詩句
這個詞
常常被描述成一種狀態
如果將鄰近的字眼匿去
剩下的
便是修辭學的老弱殘兵

我並非靠在詞肩上過活的詩人
我靠在餐桌
咖啡說它不是詩的前世
是本質
是時間的發條　胃的饑餓
這個詞　端坐在
隔壁的椅子
維特沒有替它擺一套餐具
我們赫然發現它已列入
基本消費的專案裡
不吃不行

我們豈敢公然分析
這個詞
只能偷偷暴露
彼此委屈的發言位置
你我他　三人
合力坐滿椅子四張
不讓這個海盜一樣的詞
找到登陸的沙灘
我們大聲
構築一道熱鬧的海防

我們交換話題

給對方　另存新檔
1‧44MB的磁片存夠三張
按兵不動　這個詞
就等
我們各自離開快天亮的酒館

[2000]

前半輩子

向灰燼贖回一座城的前半輩子
尖風薄雨　沒有配樂
他們回到黑白兩色的
大稻埕
牛的道路　魚的溝渠
阿嬤用髮髻
髻起　這城市童年的絕句
平仄裡有結實的城隍廟和永樂町

我明明聽見一些歎息
不肯離去
逗留在鉛字排印的時光遺址
幾處危樓　都有燈
老照片拉住我，說：
「這裡頭
有很多人的一生」

我合上張照堂

主編的《老‧臺北‧人》

每個角落都有一雙陳年的眼神

有克難街的三輪車夫

和牛屁股

又有龍山寺前的說書人

被中元普渡的芸芸眾生

多次翻到一〇六頁

看看小憩在書攤旁的周夢蝶

那是眾詩人最常複寫在詩中的

武昌街

舊書站穩了櫃子　板凳坐穩了詩

一九七二

黑白兩色

外套厚厚地告訴我：這是冬天

從影像我讀出臺北隱匿的身世

畫面清晰

兩百種無需注釋的表情

全在這裡

[2000]

從不打算

從不打算讓我詩裡的麒麟
去世襲
一個傾頹的定律
你可以批評我：簡直是一陣
頑固的雨
一種密不透風的黎明

我不打算撿起
都市詩人的詩學垃圾
穿上麂皮的成見　　逛過
SOGO　　逛過明曜百貨
再寫一堆嫌東嫌西的都市詩
抨擊一些
自己也做過千百回的蠢事
我豈能
抽離溫馨和熟悉的元素
把剛剛碰撞的道歉

禮讓的肩
全遺忘在兩個轉角之後
我真的不想也不能
把臺北寫得
像詩裡的都市一樣冷　一樣陌生

是的　搞不好很頹廢
搞不好規律得令人忍不住
垂淚
可別忘了　還有四季在抽換
街道的內容
年齡和職業在選擇
夕陽的版本
是的　基於溫差和淚
遲遲不能定型　我們的城
萬萬不能　像表格般工整
不要用自以為是的大定律
來統一　甜酸苦辣的街景

從不打算讓我的詩句
去印證
一個傾頹的定律
雨很頑固
我的黎明密不透風

[2000]

中山北路

每天踐踏著國父偉大的名字
步子之前空一格
車子之前留一尺
但我不能用高磅數的語言
欺負中山北路
務必體貼
務必古典
小心詮釋安全島上儀仗的樟樹
宛如田野
復活一半的靈魂

離婚之城
兩側店舖虛構了一輩子的幸福
婚紗的大看板
價碼的小偽裝
等我賞它一百個
生猛的意象　一千個超碼的驚歎

我常常停下步子
研究有點宮廷有點童話的店名
任那廣告怎麼催我
也絕不造句

我回到東吳叩問期刊那顆魔水晶
找出
敕使街道的前世
神社、皇軍、灰色的坦克
美軍協防下的啤酒、撲克、紅色的女人
前世今生
我想用這首詩記下它們的
價碼、款式、廣告詞
留下存根
給說不定輪迴成黑街的後世

叛離了國父的中山北路
踐踏的步子　　得先空一格
車距保留一尺

[2000]

令人懷疑的下午

有沒有那麼一個
令我忍不住溜狗的七里香的下午
不多
五分鐘的小徑就夠
在溫州街
或者師大路
穿過巷子和它的消費理論
穿過都市詩不可痊癒的腸胃炎

給我
或者給我的狗也行
就一條可以靜靜溜躂的小道
兩百步就好
夠牠撒幾泡尿
夠我賞幾叢不起眼的七里香

有沒有呢

有沒有那麼一個
美好得令人懷疑的下午

[2000]

卷3　垂天之羽翼

京城

清史稿　偽線裝的頁面
真宣紙的暮年
隨手翻到太平盛世
隨手翻到奄奄一息
舊水墨　更舊的狼毫
汽車格格不入地轉進驢子胡同
喊一聲爺
便是京城

天子腳下的青石官道兩旁
故事活活　攤開
在地上
買了本紅花會
買了本洪秀全　我卻目睹
一些歐美術語　像大爺
橫進橫出
清朝糗了　還瘀了下巴

不過全身骨頭依舊十分文言
一堆之乎者也
一堆北洋艦隊
遺囑裡的　三斤廢鐵

於是柏樺寫了首
〈在清朝〉
說哲學如雨　科學不能適應云云
說某人夢見某人
夜讀太史公　清晨掃地等等
柏樺是凶手把清朝肢解
柏樺是菩薩把清朝拼貼
詩人的伎倆瘦了
牛羊　卻肥了
銀兩　有些句子是奸商
騙光我對傳統的想像

沒這麼容易　我說
柏樺　你的清朝
和我風馬牛不相及
但我喜歡那些
短句
比二月河的雍正王朝長
比拍案的「好」字　短

咱們台灣的編劇在家裡

坐不穩　睡不深

能不慚愧嗎　我說

就擠不出

像樣的幾滴奶水

歷史系　要看好你們的學生

奄奄一息的盛世

正好讀詩

紮一根半復古的辮子

官轎格格不入地轉進商圈巷弄

胡亂喊一聲爺

便是京城

[2005]

上路那天

他說你上路那天
已然老了　這話
我信
否則你乾脆蹲在屋裡
大口喝粥
大聲說謊
犯不著去追逐
被定義為活力或青春的太陽
人老了
比較迷信這些
不可靠的事物　像鴉片

江河的〈追日〉沒讓你
跋山涉水
就能抱住太陽
聽說你手指抖得和陽光一樣
聽說你和太陽彼此早有醉意

我信

江河的敘述

乃盛開之桃花　我的雙瞳

是蜂鳥這輩子都不願搬家

陽光流竄

蛋黃柔軟

你沒在神話的結尾處

老套地熔解　或蒸發

在大夥必經的驛站

我扔掉

繪製精良的地圖

在早餐與宵夜

在學校與市集

在詩詞與小說之間

它一一標示

你每回都叫夸父的前世

走過的路

無比清晰的等高線

在你上路那天

我猛然想起

三過家門而不入的

大禹　在我〈治洪前書〉

雷同的際遇

[2005]

徘徊於昔日的大街

一個人
老了　徘徊於昔日的大街
這句子　多讀幾次
便起了不可收拾的皺紋
但西川
也別把一個人老了說得
像戲曲中的配角
那麼不堪

多年前掛掉的穆旦
幾年後掛掉的穆旦們
都不礙著你什麼
讓讓他吧　隨他在詩中
掙扎：聽說我老了⋯⋯
天空大著呢
他和大雁兜個兩圈
也不礙著誰

雲有雲的　風有風的法規

人老了
賞他一本　太極
一座溜土狗或被狗溜的公園
落葉產生隱喻
水溝滿布心機　是難免的
在公園　還有你
所謂的：黃瓜和茶葉之間
他們像煙上昇　像水
下降　無聲無息
壓根兒稱不出半點重量

只要他們不妨礙
地球的自轉與公轉
不大剌剌地把全部的椅子
坐滿
就任他賴成一處風景
加上鴿子
湊成明信片裡的經典畫面
不也挺好的？

一個人老了
徘徊於昔日的大街

念念舊　想想當年
又礙著誰啦
沈浩波那土匪
後來也寫了首〈一個人老了〉
抄家滅族的狠勁
學步的土匪全看在眼裡
來日實習

[2005]

四點零八分

原以為悲慟的場面
在凌晨
老北京的四點零八分
一顆　豆大的淚
彈出麻痺的臉頰
擊落　在詩史
羞愧的月台

有些詩　走遠了
聞不到語言的煤
溫度　淪為朦朧的轉述
知青是一個詞
但空洞　上山下鄉
更是不痛不癢的一串漢字
一九六八
屈指一算
我上輩子在地球某處　剛掛掉

可能八十有三
可能更短
誰比誰接近歷史
誰比誰多斷兩根烈士的肋骨
還很難說

總之那列哭哭啼啼的火車
留下一個
老北京的年輕午後
無人到廣場蹓躂的四點零八分
說冷　不冷
詩狂亂地在月台上揮動
冬天的手臂
你絕望的筆跡
被傳抄時哭出了聲音
從某甲的口袋
到某乙的衣領
淚　在敘述裡找到
最痛的座位　靠窗
看鳥倒退
看國家
萎縮成一顆　早產的危卵

如果是下午

我便回到未經誇飾的
一九六八
在中國
隱藏在蒸汽裡的鐘說：四點
再八分
我將看到後來筆名叫食指的郭路生
寫下第一句：
這是四點零八分的北京

沒有誰喊冷
沒有誰把衣褲熨得很工整
火車開去又開回
數字把歲月
記住
食指　卻忘了自己的關鍵詞

[2005]

墜落

滿腹狐疑的觀眾席

椅背豎起　耳朵

像紅狐停佇

雪深三尺

夢深三吋

但我們確實看見

我們都看見

一種無法言說的聲音　墜落

垂直　且緩慢

彷彿努力被發現　被關注

好讓世人一言難盡

成為它的信徒

如雕像　永不離席

我輕鬆記下

每個字　每個拖得好長好長的句子

都是思維的殘影

言說的回聲
戳破副刊　戳破敗軍之將
戳破一座比你的詩
黯淡的獎項
沒有事物比它　更緩慢
比它更讓聽者產生聯想
我寫下的各種註釋
都與墜落　無關

一度想用釘子
來譬喻　你那首永不墜落的聲音
把魔鬼和天使
　創意和影響
一併釘上凡人難以企及的高牆
但這聲音
沒有因得獎而停止
它還在穿透　在戳破
更多的東西——
譬如廉恥　譬如賊
還有那些難以磨滅的賊性

我的敘述　必須在更大的敘述中
結繩記事
我的憤怒　打算在觀眾席上矗立

一株招搖的椰樹
檢舉幾首
過度模仿的偽詩　偷學你
墜落的姿勢
同樣的空氣力學
同樣的破風之聲　以及緩慢
如何在事物與念頭間　陳列
偷學你的發音
咬辭的唇形

我看見　不該存在的聲音
　　　　　不該存在的重量
一再掠奪眾人的視覺
我離開
高度因襲的語辭
帶走果汁　真實的詩
評審是樑上的燈火　鬆脫
陸續滴落

[2005]

銅鏡

黎明的銅鏡中
我讀到你
只他媽的喊了一聲
鬍子便長出來的　履歷
履歷不長
但　真他媽的嘹亮

你隨便往哪一站
便成勝地
石獅轉身
仰望英雄的城樓
你說你不是英雄　是代替
另一個被殺害的人
話沒說完
詩史便呈上王者的土壤

爬滿激動的漢語

如水氣

拭亮你黎明的銅鏡

卻瞥見詩歌的盛年

胎死腹中

下不下筆　都痛

一些消極的念頭

任憑秋天的稻穗　草草

埋葬或焚化

沒有淚　流下眾人的臉頰

我能否如此形容：

一個寨主

剛拔刀　便感受到

自家的響馬

十面埋伏

你們對峙成梁山

故事分上下兩章

紙　在書寫中發出馬鳴

墨色　施展驚人的記性

一間叫中國的書房

灌滿

不可告人的詩　與殺氣

誰告訴你：仁者無敵

都別信
你這被黥面卻堅持留守的將軍
銅鏡　乃黎明最後的
奇門遁甲
再晚　便走不了
反正你的信仰　和美學
停頓在黑夜的原址
發酵
讓漢詩　躍上句法
狂奔的馬鞍
管他是誰　改了年號
設下柵欄

漢詩的銅鏡中
我讀到你說：
屋頂上的帆沒有升起
木紋展開了大海……
隔著很多張桌子
我說：沒關係
你是銅鏡的第一個黎明

[2005]

大旗無風

我豈能重用搖搖晃晃的一頭水墨昏驢
或老學究吃風的籐椅
去追蹤　所謂的劍氣
我那狼一樣的騎兵　死命咬緊
一九七六年的滂沱大雨
越過肝膽和崑崙
越過你三百弟兄的馬蹄　和女人
在高人落款的地方
趕上你　你的山莊滿插復古的大旗

神州字號把守著前門　如山不動
看門的說：莊主外出
可能找死黨喫茶　可能找試劍或祭劍的該死仇家
當然也可能上京騎著白馬
看門的哼了你的名句：
「我是那上京應考而不讀書的書生」

看門的說我　務必預習兵器譜上的絕技
方能登錄你的武林
到茶寮外邊練習拔劍　練習當大俠
往行話的暗處　壯壯鼠膽
三百個弟兄正在門外飲馬
呼吸中　有善意和惡意的詞彙
伺機碰撞
我只好先安頓我的詩史　半數卸甲
　　　　　　　　　　　　半數磨鎗

看門的又說啦
說我的帳號暗藏殺氣
說我在拜帖　埋伏了不懷好意的甲兵
我不遠千里而來　其實
想試試你
號稱神州無敵的劍法
滅了少林　武當　臣服三百好漢
更想試試
你劍法中反覆重播的蜃樓　與破綻
我那狼一樣的騎兵
焉能錯過　一尾醉心於寫意的神獸
任憑鱗甲磨損　在章法不拘的詩句
在山單水薄的神州

某人在我狼牙的縫隙　呈上比喻
說你已是殘卷一本　招式窮盡
我遠遠想起倒閉多年的
藏經閣
孤獨的老僧說那是微塵　那是懸浮
在冤獄之後的神州
你弟兄　叛的叛　亡的亡
這場景確實很像
逆水寒

此刻莊門緊閉　大旗無風
我回到山河錄的一九七六
喊不回
不讀書卻上京應考的江南白馬
你頭也不回
走向那幾筆歪歪斜斜的南宋江山

[2011]

大河掌紋

何以在大水之彼岸滿植誘敵的形聲
何以陷入漢語的腐葉層
都不重要了　她說
隨即推開辭海之門　隨即化身
喧賓奪主的雨勢　隨即化身
神情詭譎的第三人稱

我的追緝　從粗明體深入故事的修長仿宋
她逗號般出沒
她是設下三千謎題的大梵天
口袋私藏了唯一的宇宙
文字如牲口
復刻自己喜歡的婆羅洲

她命大河繞過每一條道路必經的前方
線索裡的祖國不准抵達
那是反向輪迴的國度

她說　那是純正英殖民的淨土
我的困惑叢生　如芒草
我的緝拿大隊殲滅於仿古的川堂
此地百姓
埋首交易　陶土捏製的假漢語
川堂內外擠滿火候不足的漢人
有人驚嘆　有人大聲指鹿為馬

我放出形象學的獵犬　放出海東青
追緝恢宏耳語
追緝猿猴
土遁於偉大傳統　大河小說終極的上游
我找到他　他是她主人　她是他掌紋
此地完全沒有春秋
他清談春秋
焚香　研墨　琢磨南方最執著的中文

他任她在紙上為非作歹　監看結界封閉
內心龐大得如此渺小的島嶼
沒有貨真價實的百姓　如假包換的國籍
他的思念　隨及腰的慾望流過河川
他的雄渾被加上引號
說是一顆打磨過的玉石重返岩盤
那般自在　理所當然

她說他　是婆羅洲唯一的子民
我說婆羅洲　是他唯一的井
他囑咐了鷹
化身術語　往我們的詮釋脈絡裡滋長
長出大河的肉身
形象學的盡頭　他預留了大量掌紋
我的獵犬　如期深陷他誘敵的形聲

[2011]

未經除濕的靈魂

泥淖中展開了雨季和游擊隊
悲壯的肉搏
旁觀席上有煙　有猿　有豐滿的鹿角蕨
他是自己的目擊者
他把粗獷的故事豢養成精密的蟒蛇
結構嚴謹　有力
應付各種惡地形各種冷議題
應付獵槍的準心伊班的傳奇
但我看出來
游擊隊在他腹腔兩翼
不停的紮營拔營紮營拔營不停的
朝橫隔膜下方　整裝夜行
運送天下皆知的祕密

雨季從猴杯尋獲
原生的地圖　標示茹毛飲血的獸
等高線　行蹤鬼祟的溪流

再次說到結構
他的蟒蛇將肋骨嘹亮地伸展
他用異常沉重　未經除濕的中文
逼近我
闖入左心房後鬆開
意象的山洪　向我展示南方的大賦
水氣是咫尺的狼煙　指揮著語言
統治了視線

濃烈　巫師說濃烈這詞
適合描繪地理　說明排山倒海的異物
敘事低窪之處有晦澀的象群
離我而去
一併帶走寫實主義仰賴的腳印
浪漫主義的沙貝琴
我任由樹幹
咬斷　躁鬱的巴冷刀
我加速追上那一縷加速消散的稀薄

沿此而去
可目睹他登上家族史詩的舊舢舨
船身剪出孤僻的水紋
船伕是伊班人　用土語召喚字體加粗的犀鳥
我身後尾隨而來的雨勢兇猛

不及除濕的中文
重量級的意象系統
如群象壓境　我們陣亡了部分
存活了部分詮釋的文本
莽林凶險
輕易擊潰全部保守的防線

我們不過是猴杯裡未能徹底蒸發的水分
中文爬滿青藤
蟒蛇　與其說是陣法　更像家族史詩的轆轆飢腸
吞天噬地
我們居然無一人目擊
舢舨　如何航向雨林心臟
結束詞的流亡
但我知道　在長屋　他重逢了猿的靈魂
凶險的雨　不斷修復濕度如霧的中文

[2011]

濕婆之舞

整個南方
整個南方在他睜眼之前是個楔形的世界
簡陋的地理　霸占每一處命名
地景發出垂危的聲音
他說：看看腳下的龜裂吧
草木之幽靈
無聲指控了雨季的八十回缺席
枯樹無蔭　涸湖無魚
他踹開臆想中貧瘠的文學大系
他說：這裡頭
養瘦了一千頭體格精良的猛虎
養肥了一個人的　憤怒

果真是衰敗的意象
果真是衰敗的意象裝訂了整個南方的卷宗
說書的不知所云
動詞在敘事裡呆若木雞

我觸碰的　多半是易燃的老朽字句
在絕望中他啟動　啟動了濕婆之舞
他的四臂　是火焰
他的步法　是熔岩
他的第三隻眼　是整個南方無可抗拒的燃點
全部的傾斜　全部的痛　全部的壞　全部
陣亡如腳下的妖孽
濕婆之舞　從土到火的末世語言

從火到土的創世語言　濕婆之舞
緩緩停歇於小說內部
成為鈾
他說　新的技藝會把世界安頓得
　　　　　　比任何世界更深邃
　　　　　比任何世界更令人陶醉
而南方　特別是唯一的南方
我看見他在胸臆大興土木
帝國的京城
在小說裡完成三分之二　有了官道　箭樓
有了熟銅研製　驕傲的城門
　　　　　　天界的度量衡
　　　　　　地界的第四人稱
他坐下　駐紮無堅不摧的小說
他的戰神犍陀

他的土　與火

[2011]

棕櫚從遠方

能不能迂迴地譬喻成抽屜呢　妳的島
幽暗而狹長
禁錮著桀驁不馴的單字
成為日後造句　或作文的標題
妳喜歡在崎嶇的地理　蒐集
野生的陽光　像幼苗
籌備一萬畝棕櫚
像蒼穹　召集年輕氣盛的鵟鷹

妳的腹稿起伏如丘陵　率先崛起的
是棕櫚
棕櫚從遠方
傳來　山豬獠牙與獠牙粗礪的磨擦
借風鼓動
借水的表面張力使勁地演奏
以便窩藏　妳對自己的百年預言
意圖孵化出遙遠

如幼小的翼龍　摸索火焰

妳還不懂得計算　遙遠究竟是何等空洞的哩程
妳還不曉得　終點是否空無一人
妳把剛學的動詞　臥底在前方
帶上天下第一忠心的菜狗
蘇打餅　兒童水壺　不事二主的習字簿
鞋印一意孤行
沿途留下通關密語　明媚　如開門的芝麻
（很多年後那些自作聰明的傢伙
都開錯了鎖
他們志得意滿　根據草木蟲魚
陷入　島的四種障眼法）

妳喜歡將事物的反面　交給憨厚的現象學
困住肉眼
妳說抽屜裡的世界平滑如鏡
妳說一切的一切只是耳語之倒影
沒有一人站得穩
沒有一樹扎下清醒的根
他們全是這島上佯裝成老房子的旅者
在碼頭　說三道四
議論妳的惡魔果實

妳的島　從此杜絕低能的修辭學
妳說唯有目空一切的盜匪
才找到唯一的芝麻
起碼要有一人
起碼一人
識破抽屜　指證它是島的尋寶想像
　　　　　　指證它是島的二十次方

我從鏡面取得最可靠的指紋
潛入棕櫚　野蠻的抽屜
遇上暴風級的單字　置之不理
遇上牛脾氣的單字　置之不理
我選擇破解最簡易的符紋
躲開　炫耀火焰的龍
登陸妳的島
將草木蟲魚和惡魔果實　封存妥當
　　　　　　　　　　編好條碼
我只須找出習字簿裡的　遙遠
我只須瞭解妳在偉大航道上
　　　　　還得遠行多少年

[2011]

巫術早晨

鯀和大禹　沒入棕色顏料橫行的岩壁
神的初稿
再三相中你懸浮如鬼　移轉如魅的詩句
你認真計算風阻系數
預習交手的招式
逼近黃昏　才把磨好的彎刀
交給治洪的手腕

神退隱　你降臨文字純粹的穴居
鑽木起火
烹調氣勢凌人的漢語
詩的別院靜坐一群宏偉的母題
碳纖維　包藏所有的祕密和野心
打造頂級兵器
打造你　字斟句酌的固執旅程

神　回收了正義和真理之眼

你踏上猙獰的土壤
有人四處開挖　刻意仿造特大號的國殤
有人在傷口開採鹽礦
有人不斷離散　迎合學究之筆
有人如獲至寶
一口破碗　被鑑定為天下的定律

你頑固的路徑　正好遭遇商旅莫測的居心
十萬匹駱駝乍走乍停
十萬字敘事
等比例　放大天使與魔鬼的賭局
你學習辨識苦難
你目擊苦難如何被黑色的魔法消化
你的聖殿
離慾望的腐土實在太遠

語言的百葉在哨音中緊閉
狼　在夜行
你得加緊練習對黑暗的發聲
穿透墓地
死者在狡猾的政治辭典中甦醒
術語永遠是成王的音樂　敗寇的深淵
根據膚色深淺
窮寇們強行定義了詩與非詩的疆界

隨神撤退吧

你再度返回純粹的巫術早晨　聽聲辨位

從龍的酣睡　取出

真理　唸出史詩序幕的十九字密語

你終於對自己瞭若指掌

你終將尋獲　尼貝龍根的指環

[2011]

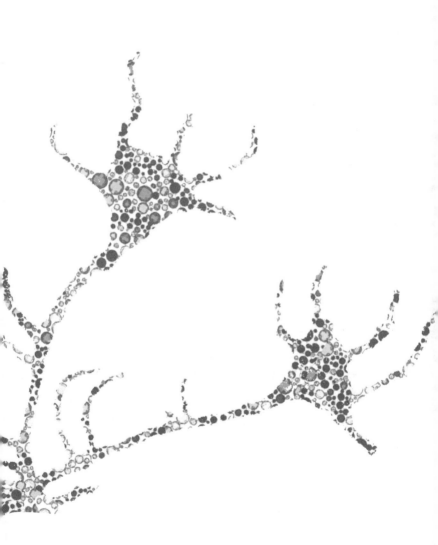

卷4　**我出沒的籍貫**

會館

1：南洋的合院

飲一口大醉的白酒
掏出顆粒很細的記憶
像沙，在指縫間流失的南洋
講一段他忘一段，酒意魯莽
刷刷亂翻一冊晚清的脆弱線裝
紙的裂痕撕開一甲子的過去
曾祖父話說從頭西元一八九七：

大霧吞噬了鴉片的十九世紀
像鯨魚啟航自乾癟的廣西
歷史的廣角鏡跳接到南洋
船隊載著被契約綑綁的「豬仔」
「豬仔」全窩在高壓的殖民船艙
遙想鄭和的風光，記掛老家的米缸
汗衫鼓成頻頻回首的帆
但季風斧斧，從東北劈來

把眺望的虛線統統劈斷！

榴槤的魅力蠟染了黑白的南洋
礦湖把層積的雲紋不斷拓寬
鐵船挖出錫米，挖出家的雛型
膠刀將樹桐割成三十三度的平衡
汗水暗暗構想一座熱帶的唐山
椰影幢幢，反覆搧動心靈的合院
籍貫如磚，築起各自的高牆與磁場
他和他們平靜地坐下
坐成幫派，坐成會館……

曾祖父說到這裡便醺醺睡去
瓶裡殘餘大歷史的純酒精
刺青與刀疤將不肯言傳的軼事
偷偷告訴父親坐著的日記。

2：醒獅的步伐
南獅在父親的童年武武醒來
步子踩著鼓聲裡的奇正八卦
鞭炮揉亮會館炯炯的複眼
會館閣不起那花崗大嘴
銜著魁梧的燒豬在滔滔發言……

如同一張收得很緊很緊的大網
香味籠罩整棟新蓋的廣西
修訂的鄉音問候純正的鄉音
舌頭是暗中熱身的南獅
潛意識裡垂涎了三十三尺
父親把會館幻想成無比宏偉的燒豬
好讓豬皮的香脆在館史上永駐——

麻將則是更醒的醒獅
重砌長城的是萬子與同子
廣西位「南」，黃河居「北」
手裡的十三張，張張思鄉
這是長老們堂皇的說法；

從礦場回家，草草沖涼虎虎吞飯
舅公們搭件汗衫便溜到會館
汗衫沒有掙扎成望鄉的帆
麻將是更動人的桂林
至於爺爺近乎出千的神技
還在族譜裡大大記了一筆！

3：老去的大堂

每張遺照都像極了霍元甲
團團守住他們傳下的大堂

永垂的目光如長矛交錯
我不禁停一下心臟，縮一下膽
那年九歲，我跟父親來領獎；

前年我載父親回來
蛇冷的暗綠迴廊很靜
真的很靜──
只剩下老廣西的老呼吸
一年頒一次獎，吃幾席大餐
連麻將也萎縮成一盒遇潮的餅
籐椅獨自回想當年的風雲；

會長大伯使勁撐起廣西的大旗
但會館四肢無力骨骼酥軟
越來越多枴杖，越來越多霍元甲
久久被醒獅醒一醒
才醒一醒又睡去⋯⋯

我把族譜重重闔上
彷彿訣別一群去夏的故蟬
青苔趴在瓦上書寫殘餘的館史
相關的註釋全交給花崗石階
南洋已淪為兩個十五級仿宋鉛字
會館瘦成三行蟹行的馬來文地址⋯⋯

[1995]

茶樓

1：鐵觀音

你必須選個群雷舞爪的陰天
讓想像層層滲透歷史的中山裝
逛逛這條英殖民地舊街場
進一步假設：風是一九〇九的色澤
南洋昏睡，還夢見自己是唐山
累了，你就把思絮往街尾的茶樓擱下
蜷曲的疲倦會像茶葉舒展——

「是誰，寫下這個大刀闊斧的扁額？」
你一定會問，問到脖子痠疼
門神威武彷彿兩廣提督
丈寬的門檻學長城在階前一橫
裡頭是一壺鐵觀音的紫砂城池；

壺肚再大，仍被高談的辮子坐滿
剛出爐的叨報顫動像脫落的龍鱗

你可以讀出潛龍血血的傷口
鉛字很忙，急著結痂被閹割的神州
宣統窩囊的詔書在頭版大哭。哭也沒用！

七種方言泡進一壺鐵觀音
她縱觀辮子們似雁翼清脆骨折的愁眉
也只能用回甘的苦澀安慰
包子把粗話圇圇吞下，「算帳！」
臼齒還嚼著：「那個葉赫那拉——」

2：舊粵曲

耐心坐下去，坐到高呼獨立的一九五七
你將看到我舅公掌櫃在這裡
還是疼胃的老點心，還是戀耳的舊粵曲
南洋商報蛇般纏住所有的左腕
目光如舟，在馬六甲海峽悠遊
心臟探出根鬚吮吸腳下的厚土，

等粵曲舊透了，風就穿過去
把話題吹離唐山吹向華文學堂
舅公夥同街坊義賣，從月缺到月圓
包子砌出教室，河粉波浪成瓦
讓漢字塗鴉土生的孩子
南洋的腔調蒸熟了層層校舍

你該看看這汗水浩大的灌溉;

耐心坐下去,坐到易開瓶的一九八八
茶冷的速度裡有五百 CC 的可樂冒起
肯德基與麥當勞是瓜分食慾的暴龍
沒有誰再關心粵曲,只知道十大歌星
只呼吸經歐美殖民的空氣。

3:樓消瘦

歲月這鬼斧剛劈爛扁額
表舅只昏黃了幾盞小燈,權當夕陽
偏偏你選中九六年的陰天,此刻
茶樓消瘦,十足一座草蝕的龍墳
白蟻餓餓地行軍,飛蠅低空盤踞
穿過一樓感同穿過廢棄的宇宙
又像胃臟殭死仍有太多壯烈的酸痕!

每一步都要溫柔,梯子會痛
茶樓來不及上妝迎你
她輕咳了兩聲,喚醒沙啞的粵曲滿樓
泡壺鐵觀音,把南洋從頭品茗
問起包子堆砌的學校
問起星洲日報近日的頭條……

陳舊的街場往都市邊緣退隱，披上黴黴
百年的野史沼澤在巷裡兀自冷清
茶樓說她在下一行打烊，你想不想
再選個陰天讓群雷舞爪，在心房？

[1996]

甲必丹

1：夜讀頭暈的南洋

是狐狸，預測的考題在腦袋亂竄
我在案前啃食一冊頭暈的南洋
史跡承接了冷汗，滋長成山豬橫行的雨林
睡意提著眼睛往課本的箚記走去
越近越香甜，額頭最後叩上一張黑白照片；

我驚醒在次日的考場，考卷亮出獠牙
選擇題是迷彩的捕獸器，可靠的只有申論題
不難，論的是我昨晚叩頭的甲必丹
整個馬來亞為之傾斜三度的華人英官。

2：剛上任的葉亞來

這一題，必須從一八六八年寫起
吉隆玻還是粗暴的泥濘、狂野的馬
將英國的官勳扣上仿清的朝服，葉亞來
穩穩邁開官步，像一頭猛虎巡弋牠統治的山林，

用粵語，土紳牙牙拼出 Captain 的中譯
副官向他展示一幅千風百火的水墨：
會館是七頭巨象環伺於留白背面
潑墨之中有九群隱身的黑幫土狼
朝珠暗暗盤算，錫米產生模糊的預感
他會是吉隆玻久等的麒麟，還是久違的鱷魚？

3：長袖與鐵腕

殖民政府沒有提供足夠的鷹犬
他不得不蓄養黑道的龍蛇，長袖一遮
鐵打的手腕有了一種兇狠的陰柔
足以鑄造龐然的夢，鑄造像上海的城邦，

狠狠的，他扣緊象與土狼火併的脈門
把娼樓煙館端上圓桌，用嚴厲的慢火煮爛
每對聽話的暴牙一碗。穩定了圓桌
泥濘才有承受機械與磚瓦的堅硬
像拉麵，小巷與大街越拉越長
吉隆玻成了眾生喧譁的金碗。

4：歷史自有刀章

沒有人在意那些內戰的刀疤
死亡遺下美好的風水，錫苗印證了龍穴的方位
吉隆玻穿上縷金的黃馬褂，他也一樣

課本把所有的建設都算進來，連同晚霞和晨曦
連同路過的契機、投宿的思想
並漂白他黑回來的土地、鋪子和礦湖
一如沙漠對仙人掌的渴望，對英雄
歷史自有一套刀章，削出大家叫好的甲必丹；

不知一八幾幾年，他拍下那張得意的照片
讓後人仰止，考生叩出永恆的印象。

5：傳奇的刪節號

傳奇的死角蹲著口吃的刪節號
在口吃他成為首富的魔法
還有喋喋不休的橡皮擦，向我透露
當年他輸光盤纏的狼狽嘴臉
但我豈敢寫下這些？
反正他有太多壯舉供我作答，足足寫滿三張！

[1996]

還原

鄭和駐紮在史實的原處，不動；
如夸父，我們在史書裡窮追不捨

可別再用魚骨　釘死海嘯放肆的年代
拷問季風
看似東北卻又西南的陰謀
我們太習慣斷章取義
習慣把事實裝進　藥丸大小的話裡
逼人服下去

是時候了
是時候向蠻橫的詞彙　說不
尤其那嚴重傾斜的註釋
別活活夾扁　帝國六百年的餘韻
學院那副年久失修的肺葉
無法還原　一個呼吸的鄭和

我急急挖醒爛睡如泥的冷刻本
尋訪鄭和
童年到少年的疤痕
我遂築起一條多苔的濕胡同
配上簫的孔　箏的撥動
此刻　他正從井裡打出一桶宿命的水紋

稗史擱淺　在赤道之海峽
正史悄悄更新它的據點
我闖上《馬來紀年》
從詔書　甲板　到鄭和站過的山崗
我嘗試培植一些鮮嫩的註疏
三寶太監　不必有太監的
體態與舉止
我逼視他的瞳孔　看見暴風雨
羅盤　汗　早餐的魚
和兩滴不該看見的情緒
他懷抱月蝕　和偉大的燈芯
說西洋　只是海龜眼中
可有可無的位置
而艦隊　形同一族可口的水母

千百次　單調的日出
千百行　窮極無聊的工整楷書

抽出航海日誌　他記下
無人在乎的肺腑
太鹹的靈魂交給詩人孤陋的筆
倒吊成鹹魚　風乾
直到鹽站穩　脫盡復活的水分

或許我們需要一齣
忠實的連續劇　三十集
在紫禁城　仿明的官腔
仿狐的權術　仿冒的演技與功夫
果真還原了詩人和史官筆下　防腐的
鄭和
雖然我們都知道　他是假的。

[1999]

在南洋

在南洋　歷史餓得瘦瘦的野地方
天生長舌的話本　連半頁
也寫不滿
樹下呆坐十年
只見橫撞山路的群象與猴黨

空洞　絕非榴槤所能忍受的內容
巫師說了些
讓漢人糊塗的語言　向山嵐比劃
彷彿有暴雨在手勢裡掙扎
恐怖　是猿聲啼不住的婆羅洲
我想起石斧
石斧想起　三百年來風乾的頭顱
還懸掛在長屋——

並非一醰酒　或一管鴉片的小事
開疆闢土　要有熊的掌力

讓話語入木三分
我猜　一定有跟黃飛鴻
同樣厲害的祖宗
偷學蜥蜴變色的邪門功夫
再學蕨類咬住喬木
借神遊的孢子　親吻酋長腳下的土

在南洋　一夥課本錯過的唐山英雄
以夢為馬　踢開月色和風
踢開土語老舊的護欄
我忍不住的詩篇如茅草漏夜暴長
吃掉熟睡的園丘
更像狼　被油彩抽象後的紫色獠牙
從行囊我急急翻出
必用　及備用的各種辭藻
把雨林交給慢火去爆香……

就在這片　英雄頭疼的
野地方
我將重建那座會館　那棟茶樓
那條刀光劍影的街道
醒醒吧　英語裡昏睡的後殖民太陽
給我一點點光　一點點
歲月不饒人的質感

我乃三百年後遲來的說書人
門牙鬆動
勉強模仿老去的英雄　拿粗話打狗

嘿　莫要當真
我豈能朽掉懸河的三吋
在南洋　務必啟動史詩的臼齒
方能咀嚼半筋半肉的意象叢
出動詩的箭簇　追捕鼠鹿
和一閃而過的珍貴念頭
請你把冷水潑向自己
給我燈　給我刀槍不入的掌聲
我的史識
將隨那巨蟒沒入歷史棕色的腹部
隨那鷹　剪裁天空百年的寂靜
聽　是英雄的汗
回應我十萬毛孔的虎嘯　在山林——

不要懷疑我和我纖細的筆尖
不要擠　英雄的納骨塔
已占去半壁書桌
我得儲備徹夜不眠的茶和餅乾
別急別急　史詩的章回馬上分曉
在歷史餓得瘦瘦的南洋

[1998]

我出沒的籍貫

必須用「出沒」來形容我被動的籍貫
山水肥碩　稱不出重量
「甲天下」只是半句崇高的荒涼
表格倨傲
盤問我游離的筆
我草草填下　素未謀面的「廣西」
勾選外僑　說明國籍
區區一張表格令身分塵埃大起
魯莽的漢字黯然撤走
我的麒麟　退守粵語的上游

在水墨之前　如書生負手
按節氣
揣度垂垂老去的神州
我試圖構想　一個大風起兮的時代
國族論述　那時還骨瘦如柴
桂林只是羞澀的一株芒草

出沒　在履歷背陽的山腰
話說后土在下
不過區區十八劃
竟敢私通我的思緒
誘我夜行　著黑色像忍者一樣的緊身衣
帶著記憶的勘誤表
我循入移民史的大章節
竄出斜風細雨的小詩篇
我的身世　果真始於四個無聊格子
一格便是百年

回到書房　我一一翻閱
這些年來讀過的書　漏讀的雜誌
把時代壓縮到組詩可以承載的byte數
每一段　個別分攤
大小不一的草鞋　船票　橡膠林
我不願用魷魚來譬喻那風乾的地理
扔進歷史的蒸籠
還它甲天下的體重　和水分
我要在別人問起的下一次
大聲回答：
當年爺爺就坐那艘叫白鯨的洋船
季風的鹽分有七斤十三兩
諸如此類

整數一樣的答案
我必須學會
用「甲天下」來修飾我出沒的籍貫
讓粵語　道出超重的江山

[2000]

別讓海螺吹瘦

別讓海螺吹瘦我祖傳的廣西
我忙著架設山水
使時間的結構更為深邃
調整夢　和文字的枕頭
返回一八五〇的太平天國
跟洪秀全一起策動高溫的動詞

造反的主題
自隴畝高高躍起
我正好看到
先祖憤然拔刀的手腕
竟比瘦田裡的地瓜修長
我知道　這是一個無法歸納的南方
馬賊在村落與村落巡迴
飢餓　在碗與碗
這場景需要插畫來說明
到底有多貧瘠啊大清的黃昏

歷史從上一段跳到很遠的地方
才接回來
窮了廣西　也死了石達開
天國的敗寇往木的部首竄逃
南方的南方
雨林把史料埋得更加凌亂
我在婆羅洲的扉頁
遇到天地會的工蟻
開挖著砂勞越的礦區
石龍門乃最不安穩的地名
動不動就起義
成為期末考最頭疼的一題
這是鳳鳥不至的地盤
犀鳥的南方
這裡竟盛開著亂臣賊子的桃花

我進一步架設山水
較細膩的部位
氣候是兩廣夏天的再延伸
猴子寫下兩岸啼不住的新版本
錫礦指出蓬萊的位址
帆起帆落
先祖留下大規模的水紋
在生活與戰火的夾縫　把夕陽夾穩

可我無緣
目睹「豬仔」賣身的苦契約
只聽說「新客」攜帶了多少的黑鴉片
在大清朝的版權頁
我聽到一枚憂心忡忡的海螺
向南的甲板　有飛魚
飛過

[2000]

暴雨將至

暴雨將至　刀光校對錫的編年史
完全英屬的馬來半島
醫學在此
與巫術同居　憧憬和危險平行
輕金屬的舊世紀
一枚錫幣演唱信史的全部內涵
我的敘述剛剛抵達
拿律這小鎮
蝟集了第一次移民潮的兩萬大漢
方言卯上方言
時間是一八六二　日子黑白相間

不知是誰啟動了暴雨
客家的刀　廣府丈八的長矛
從檳城迢迢南下
我嘗試想像一座慘烈的拿律
但戰場

簡陋得只有數字在舞爪
沒有史官在旁
記述兵器　和鬼魅的遊擊
百來字的史實　奉為華校必讀的版本
「數百個人喪生」
乍看　很像《春秋》吝嗇的筆法
數百個漢子姓名不詳
死就死了　頂多一行

一九〇一　半數興奮的華人被寫進
錫產最豐富的那一章
近打谷　在拿律以南數十哩
亮出甲天下的錫含量
成為龍　和獨角獸的戰場
接下來的故事需要大量的軟插圖
粗暴的硬註釋
請原諒我
晚了七十年才急急趕來
礦湖的對岸僅存英屬的舊鐵船
守護著獨角獸的老意象
至於龍
早已敗退到詩的最邊疆

一九〇一　其餘十幾萬華人被滴進

茶壺　和膠杯的農曆
嘉應會館　正烹調著它的百年紀念
工業煮沸了橡膠的好價錢
那個叫陳齊賢的商賈
就這麼起草了一部膠的編年史
增值和減產的數據
起伏如丘陵
此刻我需要幾隻鼠鹿　當伏筆
跳接我的敘述
準備潛入暴雨柔軟的腹部

[2000]

歲在乙巳

歲在乙巳　生肖屬蛇
爺爺在族譜登錄了「達揚」這名字
待我換算成西元一九○五
已過了近百個　風風火火的春秋

風風火火
歲月的行書在我思索的平原掠奪
一些獸　渺小地逃走
一些矮樹吹響躊躇滿志的風
歲在乙巳　我御詩而行
飛越枝節橫生的史籍
在大敘述的河川　看不到魚
山勢禪讓出大致潦倒的地理
碗大的村子
全是水牛　犁著模糊的田畝
人是螞蟻在行走
風風火火　草書掠去事物清晰的輪廓

我小立在無從思索的平原

列祖大聲喊我　在史料雄渾的雪線

指著我腹稿的低海拔

說笨　說史詩需要一兩個

逼真的角色

串聯大事　駕馭駟馬難追的神思

我遂剪去了辮子

剪去爺爺沒有什麼意義的童年

乙巳　真是個沒有希望的起點

爺爺注定

錯過最後的科舉

我注定　錯失許多還原不了的祕密

離開畫質粗陋的桂林

我靜靜推斷

爺爺為何不將命運　鞍在胡馬背上

為何要交付給飛魚銜到南洋

風風火火的書房

乙巳的舊事

大處參考學者的報告

小處揣摩成一根情感的毫雕

為那挑剔的讀者

我另外準備了兩頭鹿部的獸

牽動史詩　虛實參半的齒輪

但爺爺真的登錄了「達揚」這名字
不過歲在乙巳　生肖沒入草叢
算算
已過了近百個磨磨蹭蹭的春秋

[2000]

整個夏季，在河濱

整個夏季　像石墩杵在昏庸的河濱
爺爺用文言的語法構思
自己的墓誌銘
在思量　給子孫怎樣的一個世紀
他走到巷口的麵攤
跟劉老闆往高湯裡深談　談他兒子
一去未返的南洋
語意穿梭著虛無的蚊蚋

當然不知道
很多年後有人在詩中讀到他的抉擇
爺爺像石墩越蹲越渾沌
曾祖父拍拍他的肩膀：
「走吧，我會叫一村子的親友
細讀你光宗耀祖的家書……」
爺爺的思緒　還停留在上一段
他弄不清楚鄭和幾下西洋

更不曉得葉亞來

當過好些年的華人甲必丹

他右腦是橡膠　左腦是錫礦

上帝的骰子狠狠擲下

於是老父和列祖交託給弟妹

祖厝交代兩隻老狗

碼頭便把爺爺接走　留下幾斤

賣不掉的鄉愁

史料消化了我整個夏季

在中壢　某個河濱

我開啟南洋書寫之大門　安排角色

設計情節

譬如該怎樣在史詩裡勾勒爺爺

怎樣省略其餘的親戚

繞著史籍　我邊散步

邊推算他何時融入殖民地的風俗

學馬來語　看皮影戲

任憑巫師把咒語

妝扮成雲

謠言翻過外耳便傳出巫術的跫音

但我沒有用詩來後設讀者的詰問

或大肆解構　搖晃的史實

任由廣西在鄉愁的定義上開一道門
爺爺跨不出去
父親不跨回來　我側身小立
門檻之上
讓目擊的螞蟻相互猜疑

整個夏季　在各自的河濱
不知誰是誰的主題
被意象揭發的　是誰的祕密
形同摸象的手勢
我努力修復爺爺斑駁的心思
要是上帝收回骰子
爺爺會不會持續
杵在河濱

[2000]

在詩的前線行走

赤道無聲　唯有鼠鹿在詩的前線行走
畏怯的聽覺撤去其他預期的獸
草木垂立冷冷的四周
數落著　馬六甲王朝的舊址
六百年不表態的三寶井
是一口釘
曾釘住六萬雙草鞋在拚命
命運的粗線條　似麻繩
綑出方言的會館
嘉應在北　廣西座落在井的東南
土地用椰樹來預告野史的氣象

地址用力牽著爺爺瘦弱的聽覺
高高的矮房子　胖胖的瘦皮猴
路旁多是不諳華語的土狗
街道尚未命名
就被吠成充滿暗喻的褐色

在暗處　鼠鹿占卜著華人
牠目睹鄭和不知所謂的浩大陣勢
被日子　欺壓成一口井
漢都亞的馬來劍退回鞘裡去
唯有豹子般的英軍
巡弋著半部
詩人從不問津的殖民史
用店舖　英商統治了馬六甲城

在詩的前線　鼠鹿失守了版圖
眾多獨角獸駐紮於此
爺爺繞城一周
每條含蓄的泥路都有哀慟的留言
甚至有人
在帝國主義底下劃線
當作後人考據　或考試的重點
歷史玩過了葡屬與荷屬的遊戲
送走了洋總督　又來了東印度公司
在這裡
如煙的香料與黃金
消散了八十四種經商的外語
每一步
爺爺都踏到殖民史的野故事
沿途的窗戶　虛掩著深邃的閱讀

我的滑鼠差點跟丟了爺爺

淡出古都的身影

留下一段猴年馬月的回憶

我的麒麟

加速穿越赤道的詞庫

點選一批炎熱的形容詞　　三十三度

至於不慎遺漏的事物

下一首詩　　會隨勢接住

[2000]

接下了掌紋

麒麟掉頭　鼠鹿接下爺爺三十一歲的掌紋
漢字赤腳　涉過鱔魚的假寐
爺爺掏盡口袋裡的錢
令山豬交出領土　人猿交出赤道的汗腺
凌晨四點
膠刀自雨林最寫實的位置醒來
汁液流經家國的任督二脈
十六開　寫滿英文的天空
讀不到鄉愁
相關的標題讓麻雀全數啣走
鐵皮的房舍裡面
漸漸后土的符號學
還有七進位的柴米油鹽

我忘了追問爺爺　如何邂逅
同樣單身南來　叫梁十四的女子
我也來不及

給他編一套像樣的台詞
更別談什麼凹凸不平的羅曼史
當她步入家門的良辰
露珠記下了風華　蘭花的根部暴長
我偷偷臆想兩人下一秒的對話
一拜天地
二拜回不去的桂林
列祖和香火　全鬆了口氣

父親誕生在處暑之後　白露之前
時值一九三九年
荒廢的族譜當然沒有記下
白色膠汁訓育的童年
日子乃潑猴的棋盤
黃昏　得用蝙蝠的數量來推算
鳥不拉屎的彭亨州　拘留了爺爺整個晚年
膠林木訥　沒水又沒電
所有的地景
都經不起風水的分析
遂有啄木鳥到此琢磨爺爺的思慮

很多年後父親才參透
爺爺乘涼在籐椅上的悠悠眼神
是秋天

甲天下的籍貫裡不可一世的秋天
跟父親留學政大的不同
多了些憧憬　少了些痛
我在更後來的台大
遙想那年麒麟掉頭
爺爺一定很想很想跟牠走
要不是鼠鹿　硬硬接下猶豫的掌紋
父親便成了黑五類
我成了紅衛兵
在長夜中等待姍姍來遲的新時期

[2000]

八月，最後一天

殖民史的代跋停筆在八月　最後一天
即將高喊獨立的橢圓球場
鴿子　彩排一個嶄新的國家
千百首詩從日後的刊物趕來
登上《可蘭經》洗滌的黃昏
替偉大倒數

放學路上父親料理他的新風景
調高思想的舊頻率
一九五七
冒出兩個祖國兩位國父　在拉鋸
車鏈的噪音吃掉一座
馬來語的村莊　一座華語的城邦
父親渾然不覺地踏過
一條黃泥鋪設的國族小徑
他的神州確實遠去
雜草叢生

麒麟與鼠鹿　蹲在家門兩側

一九五七
爺爺的唐山早已氧化成共產黨
護照替它貼上「生人勿近」的標籤
鄉愁倒進小燒杯
蒸餾成淚
我父親跟大夥兒的父親一樣　無所謂
蕉風椰雨　照常呼吸
可他從不提起那次排華的事
「五一三」只是心有餘悸的惡數字
我則不願重膳
被小說　活活寫爛的小馬共
華人閃進　權力上鎖的抽屜
用手語在暗中交談
一些傀儡　把線交給異族巨大的手掌
大部份人視若無睹　小部份人裂土為王
五百萬個象形的名字
把自己顯眼地冷落在旁
努力節育　講華語　做生意
循環著資本主義的冷空氣
麒麟退隱到鹿的部首
鼠鹿一併職掌了左右兩扇的門神

不知是命　是列祖在天之靈
父親定居在一九六九年的怡保
別稱小桂林的城鎮
九月　母親在此使勁睜開
我張望世界的雙眼
學校替我選定一個祖國
一位國父　三大種族
我滿意地上學放學　按部就班地成年
很多年後才遇上籍貫
坐在臺北的路邊　我們說了很多的話
包括居留證　逼供的表格
至於鴿子彩排的國慶
照舊演出在八月　最後一天

[2000]

簡寫的陳大為

簡寫的「陈大为」　整整少了八劃
退還了各種古中國的意象
詞的運用萎縮
好比形容犀鳥只用簡單的「龐然」
「垂天之雲」乃不可思議的譬喻
中文節節敗退　退到烏江
如霸王卸甲　簡掉形聲的奧妙
四季簡成一季
身分證簡去了廣西和桂林

夜色垂直　如大寫的M
以立碑的姿態空降
龍　自華校的操場負傷而逃
剩下一些成語：
「苟延殘喘」、「薪火相傳」
在拼音的國教體制之外
「碩果僅存」的唐詩

跳下黑板　用嘹亮的平仄逼我去聯想
所謂的北國
都不知長什麼樣子的冬天
以數學　我把中午減去四十度
那雪呢　大雪紛飛或小雪初晴的畫面
冰箱豈能當作冬季的簡寫

在怡保　我讀著簡化的「中国文学」
走進書店　書籍簡化成文具和字典
我的世界被字母圍剿
卻常常聽到：五千年的文化
「文化」僅有空洞的八劃
連儒家　都簡化成演講者的口頭禪
這裡頭　沒有誰讀過四書
只會把告子的「食色性也」
誤作孔子傳世的名言

總之大夥兒喜歡簡寫糾葛的狗政治
繁複的移民史
整大個吉隆玻簡寫成
一個葉亞來
葉　再簡寫成：叶
連植物　都失去起碼的草樣子
崇尚簡寫的華社需要一部

繁體的文化大辭典
精準的文字學
把叶還原成葉　把儒家
研讀成十三經不必標點的鏗鏘文言

我不願被姓名簡寫
尤其蠢課本　和那條虛脫的龍
從辭海　我結識一匹
無從簡寫的麒麟
跨越文言與白話　都市和城池
用先秦散文和後現代詩
來填飽我的聖獸
我保證
不會讓南洋久等

[2000]

在臺北

在臺北　我的南洋註冊了弔詭的條碼
宣誓了籍貫
廣西使勁凝固　血小板的地圖
我始終無法把鄉音走穩
好像少了根避震
而南洋
誘捕了我書中巡狩的麒麟
逼牠說出一番道理
自鄭和以降
六百年的日照　說短不短
繁體的船隊
簡體的房子和氣密窗
在赤道邊緣　歷史大隱
隱於詩　生活小隱於靈光一閃的椰子

民國八十四年　冥冥中的冬天
我試寫馬華詩人不寫的南洋

他們說：太舊
又嫌它腐朽
短視的抨擊落在肩上　如微雨
千山獨行
我苦苦追尋半島上輩子的履歷
它們在遺忘的角落等我
解壓縮
把該龐大的恢復得更龐大
將瑣碎　安置在毫不起眼的
轉捩點　看後人
如何折騰它深度麻痺的六百年

在半島　眾聲浮躁如交配的雄蛙
不時有山豬闖進副刊
以詩為劍　我十步殺一人
頓重的敘述在史實裡　輕輕翻身
斗膽刪去
眾人對英雄的迷信
在臺北　我註冊了南洋
要是有人硬硬讀出我的鄉愁
每個術語都會頭昏
桂林不遠　水聲就在詩的西邊
但麒麟疲憊
我又不想繼承爺爺眸子裡的秋天

弔詭的條碼

列印在臺北的第十二個盛夏

我一次啟動了十首

南洋的史詩　外加兩頭鹿部的獸

像暴雨

氾濫所有馬華故事的上游

而我的南洋

毅然終止在下一行

最後的刪節號乃是遇雨的桐油傘……

[2000]

卷5　**隔壁的金剛經**

在隔壁

在隔壁　我聽見
死亡被床放大的掙扎
一吋一吋
吃掉恐懼可以躲藏的距離
吐出幾根發抖的
形容詞　和它撞倒的文句

我清楚聽見　淚
漣漪了舉室凝固的空氣
生命的螺絲鬆脫
緩緩的
像風繞過唯一的燭火
那麼小心　那麼猶豫

難道只有五十克嗎
靈魂的淨重
連記憶

都得細心挑選
我很想稱稱其中有沒有
三兩克
屬於我童年的

外公就帶走
這僅僅一團鵝毛的淨重嗎
隔著厚厚一道
八年的牆壁
聽見　我的小名
被喊得十分隱約

[1998]

繼續打聽

繼續打聽　向榕樹
長大以前的短胡鬚
向野草　昨夜豎起的尖耳朵
會的　你會認識一部三輪車
外婆的一堆早晨
和偶爾摔跤的
我牙牙的辭彙

一格格倒退　時間
把弄壞的玩具歸還到手裡
把我餵死的百尾金魚
懸掛在外婆
無比頭疼的週末
她真的不知道
該說我
是寵而不壞的上帝
或者惡魔

不騙你
總是許多餌　許多泡沫
我夢見
金魚夢見我的早晨
市場躲得遠遠的
沒用
我只要擦一擦神燈
神燈是外婆
不斷增加皺紋的手

打聽吧　繼續向土地
向被我欺負的公園　和鞦韆
你會看到外婆
如何烹調我過動的早晨
看到我　如何整頓
金魚逃命的眼神
然後動員玩具
然後發號施令
會的　當你讀到這裡

[1998]

用窗口

用窗口　把方圓百米
走動的人間熨平
摺好
一併吸進來　連那慵懶的塵埃
再呼啊呼出去
把病
把外婆心中的紫色蒲公英

忍住帛裂　我的聲帶
沙沙地攀爬外婆垂危的床沿
我喉結沉甸
裝滿
被疼的甜甜記憶
生命驟然凋萎的震驚
和痛
令聲符紅腫
卡在喉頭

外婆苦苦抖出幾瓣脣語
飄散在四壁
在被單
在吋寬的　答與問的縫隙
盡是半截半截的注音
像尾巴
被不得已的壁虎　丟下
我惶惶地追捕
小心湊出
外婆送我的最後拼圖

用窗口　影印下來
所有路過的冷月色　和熱聲音
轉述成潮濕的字句
滴進
臨終的瞳孔中央
我遠遠眺望她靈魂的窗
昔年巷口的清晨
外婆牽著
我淘氣的童年　在候車

[1998]

陳門堂上

陳門堂上　全都是
摘要的筆劃
低解析度的印象
也只有那麼兩雙浮躁的木屐
相簿裡
半步半步的徘徊

我掬起歷史
匆匆路過的五枚腳印
像猴子
掬起悟空千年的倒影
往碑的臉上
塗寫連我也深感懷疑的
幾段偉蹟
彷彿有列祖的掌聲
在幻聽裡盛開　如菊

總算被我暈開
六乘十吋的陳氏野史
從神主牌
暈到　語無倫次的戶外
由窗口追出去
你的視線終究勒不住
御風而行的
陳家書法
以及我大概大概揣摩出來的
文言對話

這樣可以嗎　我問父親
擱在桌上的老花眼鏡
族譜假假的　反彈了四行
列祖和祂們的列宗
都不說話
靜靜喝茶

[1998]

認命

認命　是一尾飼養在
狹窄語氣裡的
錦鯉　重六斤
正好點綴弟弟那池
深潭般的玩勁

總是忠心耿耿的
他參與
我規定的每項遊戲
然後當壞人　然後窩囊的
死去
在可預知的情節
如同一輩子吃不膩的榴槤
會埋怨的
只有扁桃腺　和歲月

釀好一罈宿命　微酸

像螞蟻恍然覺悟的眼眶
怕燙
又不想擺脫熱鍋的喧譁
弟弟說他數遍了骨骼
就是頸椎少了
說不玩
就不玩的那節

沿著天意和天命
我蟹行
踏出大步大步的奸詐小路
僭越老爸
小憩的懶沙發　下班的重眼皮
鞏固我不敗的遊戲
讓弟弟
把錦鯉養到八斤

[1998]

從門縫

從門縫　看出去
世界只是瘦瘦的一條
耍魔法的街
變走昨天的時間皺紋
變走了又再變來
生硬的臉　柔軟的方言

從門縫　嗅進來
如蚌的預謀廚房豁然敞開
等你淪陷的鼻孔
一如母親正清蒸的那尾
生猛的食慾
我的嘴
太多詞彙在擠兌
那狡黠的香味
說著說著　就有貓
拎起牠的嗅覺

按摩　我細心描述的段落

對話　要是和昔年的死黨
從門縫　就能索引出
一度逃走的口頭禪
已經高頭大馬的生字
灰塵　硬是拼出一堆歪歪斜斜的讀音
二十年枯槁的影像
應聲萌芽　在童年的辭庫
把闖禍的成語圍住
逼它們　跳房子
用最短的筆劃

從門縫　怎也塞不進去
你前來偷聽的耳膜
有關老房子　和她的髻
再也不想告訴別人
即使小半句

[1998]

底細

底細　宛如老鼠的小腹
或者肚臍
朝下　躲過不軌的目光
你雙眼忍著
拚命忍著忍著忍著
而底細
深入撫摸　撫摸你的忍著

來歷　和我崎嶇的身世
成了你咬牙切齒的鑰匙
詩把城樓上鎖
語言抽象　用力
抽驗你
與大象同級的智商
依我看　還是報廢掉腦袋
任憑詩的舌尖
舔濕　你乾燥的成見

挑逗　綑綁多年的觸覺

真的　一下下
也不容許
偷偷溜過來的眼球
給我滾回去
撤退你的貓步
和忠厚的假鬍鬚
記得順路撿起
滿地　對號入座的企圖
拭淨你多疑的　小腳印

詩句與詩句間的走廊
迴盪　三毫米寬的
失落感
我忍不住探探頭
像碩鼠
在吃撐肚子的米倉
詩的肚臍　朝上

[1998]

你一人

總有比善良邪惡
　　比和藹猙獰的東西
公然蝟聚　成為謎底
謎面：夜行

光　隨蝙蝠收起九吋翅膀
留你一人
反芻粗纖維的黑暗
拼出咒語
拼出戰慄的牙齦
空氣跟空氣　誓不兩立

事到如今　誰敢
誰敢指認那夥
不堪設想的妖孽
　　失靈的結界
內心剛剛打烊的危樓

剩你一人
是固體
是狗螺唯一的親戚

常有比粗糙纖細
　　比真實虛無的東西
公然結黨　以為遊俠
小說幽暗的街角
僅你一人
最好
最好全程點燈

[2005]

眼觀鼻

你暫且　靜觀其變
　　聽石　如何解讀木屐
　　看水　如何蒸發成煙
就讓腹稿留守硯台
紮營生火
進一步揣摩
道長　為何把話吞掉一半

眼觀鼻　鼻觀心
夜筍暴長成故事的竹林
女子回到
壁虎私藏的舊卷軸
等　赴京趕考的窮書生
雨中茅舍
命螢火　點亮寒冷的時辰

從上一段赴京趕考

你想到可以押韻的：月黑風高
一條山路沿著小說
不知死活
朝你
朝你的硯台步步逼近
　　　　　驚動狐狸

你繼續　眼觀鼻
鼻觀哪裡都行
總之
把投宿的笨蛋給我活活
看緊

[2005]

向閻王

忍痛簡化　故事的左右兩邊
讓矛頭指向
巫術　暗語密布的紙張
筆跡比預期　更陰森
更難纏
你明知：丑時多妖
卻任我以徒勞的口舌
落實　我的徒勞

以下情節
該說是超越　或落後於
數據連篇的科學
一枚錢幣　在鴞的暗夜
召喚她
以紙為船　唇語乃淒厲的南管
我看見
我看見燭火驟滅在五點鐘方向

．．．．．．．．．．．．．．．．．．．．．．

你居然　居然向閻王
租借一齣哭泣的身世
　　　一根鬼的食指
錢幣讀出暗語和表情
某些東西
溜出紙張．．．．．．．．．．

那年我還不懂
金剛經　任何簡短有力的咒語
兩軍對峙
濕了襯衫
濕了整個雞犬不寧的夜晚
最後歸罪　門窗的師老兵疲
　　歸罪　燈管的山窮水盡
　　　　　神出鬼沒的黎明

[2005]

問蒼天

關於靈魂清脆的裂縫　關於鐘
不斷出現的蜃樓
當然少不了　挫敗的經文
我遠赴香火的邊境
想聽聽
佛　或者哪位菩薩的邏輯

佛　都死到哪去了？
當黑暗　團團困住我意志的大軍
命運偷襲如暗器
動詞取消
虛字脫逃
我盲目尋找那支不存在的號角
旌旗是更盲目的啞巴　雨中嘶喊

千古不變的如是我聞
就這樣：大部分故事來自佛的累世

　　　　小部分來自我們
業力輪迴不止的芸芸眾生
切片後存檔
我的不慎
我的不良言行被精密統計
佛說：淨土或地獄
天網恢恢的稅務局

爐香乍熱　法界蒙薰
我的疑慮肥大　不可思量
撐壞善惡原有的體積
滿紙摩訶般若波羅蜜
暫時喊停
都安靜
我想聽聽
佛或者哪位菩薩　大聲說法

[2005]

風馬旗

唐卡的天色　在此降生
　　一堆籌火足以點亮
　　　　全部的西藏
　　　才那麼幾頭羊
　　　才那麼幾畝青稞
　　吃過糌粑沒洗的空碗
便是全部　全部的西藏

一個手印　抽換了宇宙
原有的議題和祕密
科學被辭退
唸出咒語　雪域最清醒的酒精
之後　佛也沒說什麼
就坐下來　摸摸犛牛
　　　　　　聊聊收成
聊聊苦日子的窮內容

在空行母的羽翼上你小心冥想
在佛塔跟佛塔的間隙
掛上一層稀薄的氧
　　　一面風馬旗
佛　路過的時候
魔　路過的時候
看到你
今生大大小小的全部渴望

全部的西藏　完整的貧瘠
佛經是文盲的迷宮
天葬是出口
情況跟綠度母的分析一樣
你今生
是來世　損兵折將的一場演習

[2005]

金剛經

黑暗　有了拗口的名堂
幻想呈塊狀與條狀
氣流深處　似鷹
敘述表層　是鬼
因而損壞了妳
花香與蜂蜜的甜甜午睡

房子　有了懸浮的住戶
在睡眠中移動
在猜臆中　滅音遁走
我們用火溝通
　　　拿冥紙交談
乾燥的語言逆風旋轉
然而大軍　持續壓境
　　　　　持續壓境

休怪我　端出降魔的神兵

訓練有素的咒語
疾如風　徐如林　侵略如火
不動如山
我在客廳闢出完美的戰場
　　　　　妳午睡的前線
自銅爐　拔出刀樣的狼煙

我佛慈悲
在該慈悲的時刻
留下吋寬的暗道　讓它退房
退出我重劃的山海關
成王敗寇
沒得商量
妳在花香和蜂蜜中甜甜醒來
說夢很軟
風景的顆粒　異常飽滿

[2005]

卷6　**殖民者的城池**

水滴石穿

最近我被告知：龜裂
已成為歲月的度量衡
　　　　稱職的死硬派
沒有什麼好商量　企圖
盜壘的老人或仿古建築
陰溝或隱喻　皆無所遁形

其次是：記憶
記憶乃時間真正的僱主
從堅硬到柔軟　一概水滴石穿
難怪違禁品裡有眼淚這一項
　　　　　　還有敘舊等七項
該定格的　照片統統錯過
唯有跳接是許可的
它的用意
絕非跳過無可挽救的敗筆
　　　　拭去濫情的風景

不是這樣
它只想讓歲月騰出一條街
千米長的慵懶
樹癡　草長
詩句和鞋子在徘徊中失散

最後是：詩
語言荒廢的蘭若寺
鬧鬼
滿山亂跑著茅山術和石碑
真的很糟糕，土地公說
要不，把地名塗掉
就沒人
知道你在詆毀怡保

[2005]

防曬係數

總讓我想起：非洲和防曬係數
山城的每個下午
太陽腫脹　屋簷縮短
糟老頭虛構出無懈可擊的大樹
　　　　　　　感情用事的汗珠

我久等的公車開始溶解
引擎像狗
邊喘邊走
幾個馬來仔拚命複習粗話
假寐的英語　把我
聽覺咬傷
成為討厭的墜子
一直晃一直晃一直晃

好比錫克教徒的蝨子
從這頭　跳到那頭

渾然不覺
才剛癢
便淪陷了半壁江山
有些路換上馬來名字　有些橋
自地圖憂鬱的暮年刪除

三十六歲的炎炎下午
在休羅街
我苦苦等候退休的公車
載回：粗話　馬來仔
蝨子跳接了青春
蕨類們談到
兩株喬木下輩子的際遇
再度讓我想起：非洲和防曬係數

[2005]

下午休羅街

誰來翻譯：肢體柔軟的早晨
不等邊的三種語文
各自等待　同一輛公車
各自描述　同一條街道的黃金比例
部分細節在齒縫掙扎
扭曲　再簡化

街長二點三三哩
店面坐滿黃金
價格四處閒逛　從不怕
壞人打搶
各種歹念都被大鬍子　唬了回去
我年少時光卻耍賴
學釘子　咬住牆面不肯離開
歲月與陽溝平行
我後來跟幾隻灰鼠的長輩相遇
故事說它跟布匹

一樣長　一樣廉價

經過百年的對罵
英語　獲得完全混血的譜系
帝國瘦長的篇幅
放心交給　錫克族的大鬍子警衛
守住金舖　布莊
舊殖民地迷人的質感
老闆想：換換人吧
這念頭　立即被砸
　　　　　砸個稀爛

老人家都說：堅硬
那個年代蓋房子的磚
根本就是坦克
但誰說得出典故呢？
老榕樹
還原二十年前的攤子
賣cendol冰的印度漢子還不滿三十
我狠狠喝它幾碗
才對得起　下午的35℃

明信片裡的老街道
敘舊的細節　慢慢融解

洋溢著　低脂
高鈣的粗話
大夥都到齊
唯獨休羅　不知散步散到哪去

[2005]

喊醒它的舊識

前四條街　是粵語
第六條是一杯奶茶精闢的英譯
其餘的　就雜了
一丁點質感　也談不上
這使我的演說感到金屬般
疲憊　句子在構想中
像錯置的螺絲
咬死齒輪

邊境出發的回憶　再度發炎
我重新檢視詩的膝關節
體力不繼的雜音
找出遺囑：
一份天下無雙的含錫量
一艘缺少圖片
便血肉模糊的英製鐵船
那可不是幾片生鐵的

來世　或爛船的前生
此乃錫苗的大盜掠奪了百年

社會是健忘症患者的收容所
史料是狗　流浪街頭
我們成天追逐文句
鹹濕的新聞
礦層必須用力
喊醒　它的舊識
但市政藍圖說：全都退休了
人工礦湖
一律轉世為課文中的地理
　　　　　　數十處住宅區

所幸還有那麼一條
鐵船路　身世如雲捉摸不定
可它的觸感比肝癌的肝軟
　　　　　　比舌苔的苔滑
它跟歲月一塊兒腫脹不斷腫脹
進不了詩的船塢
淪為一條供後人猜臆的陳年
小路　印度人鋪上牛屎
馬來人蓋了兩間高腳屋
鐵船　找不到三十萬華人

交談的詞庫

[2005]

層出不窮

舌頭　進入蛇的夏天
進入吞象的飢餓寓言
思鄉的途中
我遭遇囂張　不講理的廚藝
命味覺　單腳站立
在筷子第三個末端
聽油歌唱
看火旋轉

略過暹羅貓　降頭　九重葛
等無聊的細節
我輕易指認
層出不窮的　餓
從這一頁串門子到下一頁
佳餚的幾類修辭格
填滿鄉愁
怡保在廣東話裡

被大火炒成辛辣的菜色

我們有太少的黑社會太多的
食客
快給我　九個好吃的形容詞
　　　　八個讚不絕口的單字
好讓我在老闆的粗話裡
忍辱負重
吃掉一流的廣式炒河
鄉愁偽裝成香嫩的羊群
在沙爹的椰骨上狂奔
粗話　充耳不聞

在怡保　隨便一個路邊攤
都是胃的老相好
隨便一個清晨　都找到藉口
我和父親潛入富山茶樓
一團食客　圍繞在我椅子背後
　　　　以為是椅子的鬼魂
　　　　等吃燒賣的下輩子
於是吃　成了風景也成了毒癮

層次分明的馬來人咖哩
味蕾幼稚園的簡單習題

我們喝一種可樂
　　說三種語文
　　吃千種菜色
磨練寓言裡鬥膽吞象的
蟒舌

[2005]

穿插大量銅樂

這慶典　值三顆鋰電池
　　　　　　八百萬畫素
盤踞桌面半月之久
開機到關機　目睹神的誕辰和隊伍
結集再散去

我遠站在聖麥克中學的圍牆前方
英式建築卯上中式陣仗
急急如律令的日子
神與子民
分站中英對照的馬路兩端
激動的中國打擊樂　熱帶巨樹
和它的鹿角蕨
我的發現值得跟你分享：
咱的九皇爺
就混在你我推擠的路邊
統計香火　算幾根大旗盲目走過

一顆九皇爺誕

早熟的信仰

在街道四十五度左上角

　　　　　　　和右上角

俯看隊伍裡的漢子和汗

誰敢懷疑神？

誰敢說傳言弄假成真？

反正乩童和信徒各得其所

反正巨香和貢品都賣得不錯

一切不宜過度曝光　鏡頭要長

舌頭要短

沒幾個怡保人弄清楚祂的來歷

我搬出宗教

她搬出民俗詞典

逐門逐戶查了一遍又一遍

神　和兔子都不見

我遠遠　站在聖麥克的圍牆前方

成為安靜的鹿角蕨

看神遊行

看人竊喜

穿插大量的銅樂　少量霜淇淋

[2005]

靠近　羅摩衍那

越來越　靠近羅摩衍那
越來越　靠近神祇　越來越
　　　　靠近生死　和妖孽
很難想像整個上午整個下午
被神圍剿
被針襲擊
山城休克在印度教的額頭

我設法遠遠繞過天神蘇巴馬廉
太陽是印度人的
河流是印度人的
神聖和恐怖　都是
印度人的
沒有閒雜人等
沒有不三不四的疑問
虔誠
作為酷刑最虔誠的解釋

全體散漫與搖擺不定的信仰
向神投降
我的城市　淪陷
在屠妖節　刺痛的轉肩肌群
催眠的低飛咒語
誰呢　誰敢把經文翻過去
翻到白象的夢土
神拔劍
妖也拔劍的暗夜

越來越　靠近不可告人的神祕
越來越　靠近嗅覺的廟宇
廟很擠
無轎可坐的小神　相約出門
我無比敬畏
祂們那一髮千年不洗的椰油
（誰想在節慶的公車持續昏厥？）
（快舉手）
從氣管到支氣管
鑽進一頭絕對神聖的白象
　　一頭厚厚椰油的黑髮
原來我　才是備屠的妖孽

公車穿過太陽

昏厥穿過清醒的描述

我們越來越　靠近文冬新村

我們越來越　靠近印度　廟

　　　　　　和衪的遊行隊伍

整條街道整條河乃至整條村子

被詩襲擊

被詞圍剿

我奮力回想　羅摩衍那

數十頁　與此無關的故事大綱

[2005]

即使變成小數點

怡保　被譬喻成雜貨店
印度人只好
貼切地成為　型錄
簡介注定庫存的一批貨物

眼光　是無心戀戰的
僱傭兵
只能抵達膚淺的膚色
所有的降落　都發生偏差
所有的出發　都草率計算
兩千村次
八千廟次
五十萬人次的閱歷
我僅僅占據文冬新村
黃色　像豆腐的那一半
口感親切　兩下便消化

確實不存在
於閒談　好吃的印度炒麵攤
日常接觸的文句
更不存在　於雜念
和上進的閱讀　之間
一個結構完整意味深長的印度人
像註釋
低調杵在摩訶婆羅多
乏人開墾的章節

關於印度
我需要一個中譯的宇宙
去迷信那些鉅細靡遺
去重逢壇城的遠祖
　　　佛陀初開的老店舖
　　　婆羅門的枕邊書

我已將類似「吉靈鬼」的貶稱
撤出　粵語毒辣的射程
是的　我多次被他們的
善良　擊退
被梵文的博大和精深

他們毫不排斥　被傾頹的成見除開

即使變成小數點
即使變成政客演講稿的一頁
找不找零　都沒關係
看來恆河沙數　就這麼回事
不合理的想法　成了哲學
錯手燙金的扉頁

這裡會不會有種姓的痛
這裡會不會有無敵柔軟的瑜伽神功
我不知道
真不知道
一間無人打理的雜貨店
濕婆大神　會不會躲在條碼
　　　　　　躲在掛一漏萬的檳榔樹下

[2005]

方圓五哩的聽覺

清晨五點的伊斯蘭
經文　在空中張成天下
無雙的土耳其地毯
方圓五哩的聽覺
無一倖免
然後他們收攏寓言
交給聰明的小獸
大夥就清醒了　穿好沙龍
　　　　　　結伴出門

沒人敢　說自己比他們
更接近莊子
適性逍遙
終日閒閒如無所事事的鵬鳥
同樣沒人比他們
更接近表格
填寫簡單　動作要慢

時光裡充滿　閒暇
　　重口味的蝦醬
　　超濃鬱的椰漿

我們都很習慣這些……

我們習慣　慵懶地接納他們的言行
曠日廢時地吃飯　誦經
他們的祖先曾經拔出蛇形短劍
（蛇通常很慵懶
慵懶沒什麼不好
好比：下午四點的玫瑰露
突然讓我想吃臺北
賣得太貴的娘惹糕
小小一塊　就好）

嗯，咱們真的扯遠了……

話題拉回土耳其
格調酥軟
火車才進入怡保　便進入
伊斯蘭的細線條
車站頂端碩大無朋的洋蔥
造型趨向　迷人的耶路撒冷

（真是耶路撒冷

就很糟　也很棒）

我沒有特別喜歡

　　　或不喜歡回教堂

絕不能小看怡保市區的穆斯林

跟匪諜不同

他們泰然出沒在我們之間

隨手抓住　要害

節骨眼

那種痠痛　接近駭人的耶路撒冷

來，咱們到夜市走走……

嚴謹的描述在此　應聲渙散

嗅覺在香料中

傾巢而出　成為激進分子

接著回想　荳蔻引發的幾場戰爭

看街景　搭配古蘭經書法

把喜悅　寫成舞鶴

把私語　寫成狐狸與狐狸

竊竊的眼神

我們渾渾噩噩不知死活

跟驢子一塊
在經文裡穿梭
三種膚色　被課本
廣告成三合一咖啡　但誰是咖啡
誰是奶精　誰是守寡的糖？

[2005]

卷7　銀城舊事

舊事裡行走

唯有頑固的舊事才轉存為照片的前生
唯有最大值的光圈
才取得一個足夠武斷的世界
樹不成樹　　石不成石
我再三堅持用手動模式
以致身前身後　　萬物皆為雜物
時間脫水
剩下弱不禁風的薄薄一吋

你的背影　　在我等後人的調校裡
顯得粗枝大葉
誰還顧得上那些營養不良的
細節　　比細節細的細節
根本就很多餘　　你說我在
我在舊事之間走得隨興
其實是漫不經心
分不清紙

是樹的上輩子還是下輩子

舊事裡的銀城沒有真正走進我的快門
我在半哩之外
完成栩栩如生的駐紮　根　朝水分生長
我把世界裝進魚眼
　把你　裝進世界
以1：10000的比例
偽造赤道的模型
偽造忠心耿耿的超級午後雷陣雨

我冒用先知　百分之百防水的語氣
寫下偉大的圖說
你終將走入我的銀城舊事
成為鳥
成為樹
成為樹下乘涼久久不肯散去的椅子

[2011]

隱隱有人

山丘用一座銀質的鄉音遠遠勾住了我
餘韻裡隱隱有人
引經據典
像青蛇潛入並驚醒我雜草叢生的少年

我看了看馬鞍右前方　鼠鹿和鼠鹿的交談
是這裡了
三哩外的百年榕樹
宛如標題　概括出即將重逢的風景
是這裡了
樹下活活站著外公被傳抄成五個版本的幽靈
比淚鹹的半透明體

好些個難以捉摸的風俗
纏繞著馬
在我家族史詩的前院亮起私釀的火把
好些個理應半透明的親人

遲遲不肯現身
說是怕我
解讀成妖孽　怕我說出會痛的字眼
遲遲不肯現身

唯有四舅公肩上的一朵雲滾滾成形
他說那是生前
風濕的原因　死後變成玩具
老宅呢　我問雲的主人
老宅啊　老宅不就淪為你筆下幾行懷舊文字
　　　　蛇出沒　高牆逐年萎縮
我的粵語慚愧　不斷往喉結後退
在每個入聲處　雜草叢生
一來掩護蛇
二來掩護鄉音盡頭
隱隱的人
暗示我另一個汗流浹背
　　　　遲遲不肯現身
　　　　　　的版本

[2011]

陰間的動詞

陰間的一個動詞　把咱這老鎮像泥鰍弄活了過來
早報喊疼了空氣
火速盤點　相關人等的作息
　　　　　　　裡應外合的生平
但不包括我年少無知的筆記
讓舌頭　從日復一日的英殖民地早餐
覺醒的　就剩下訃聞了

就剩下訃聞　有這等肥沃的場地去款待
結構如鬆餅的家族
遺產似蜂蜜淋了上去
靈堂前　大夥兒比椅子排得更整齊
更緊密　更像格子格子狀
鬆餅的典範
大夥兒聽好啦～　道長大筆一揮
老爺加上天地人三歲　欣然當鬼
祭文如曇花盛開

盛開在理論上　第一哀傷
　　　　　　　第一不能慶賀的時光
淚眼卻如麻將　糊了
糊在桌面底下　第一緊張
　　　　　　　第一不能忘形的時光

我悄悄挪近燭火
研讀神　分析混種的往生咒
如何構成道士禁止重播的含糊經文
一切只是故事
蓄意傾斜　走音成古代漢語
添上孝順的母題　添上目連
如期救母的地獄
我據此寫下
童稚　卻無所不知的筆記

老爺在棺材裡　立正
聽嗩吶　聽菩薩訓話
他弄不清往生陀羅尼是怎麼回事
他弄不清白斬雞和蠟燭哪個可以吃
老爺在儀式中挨餓
借我的頑童體　長出獠牙
　　要是響起湘西的鈴鐺
　　準是天下第一不能錯過的時光

[2011]

螺旋狀的哀傷

長老躺在遺言裡說：
等　全鎮的狗把螺旋狀的哀傷吹直　直得像一條鋼索
全鎮的主人便回來了　誰都沒少
彷彿剛結束史上空前盛大的野餐
腳底有砂
跟地面輕輕磨擦
不太一樣　是的　跟戲裡演書裡寫的死人
不太一樣

碳黑色的狗螺奮起　八點鐘方向
我們想起長老
　　想起吹直如鋼索的哀傷
大夥兒趕緊從話題敗退　難免兵荒馬亂
現場遺留了見證一切的半盒便當
啤酒罐
總之把自己摺得極小極小　藏好
一如違法的零食　不及格的考卷

速速藏好

這時才發現　無所不在的螺旋狀
比如說：戰慄的耳蝸管
比如說：跳上機車時的避震彈簧
將前者打上死結　好讓祖先的野餐大隊停下沙沙的步伐
死老頭和活老狗
永遠凝固在小鎮碳黑色的末端
謎底回到大樹
謎面是樹腳從未顯靈的一尊年輕拿督

我們願意
慎終追遠　但謝絕鬼魅
謝絕螺旋狀的狗　和分貝
誰呢　這回派誰去跟遺言裡的長老說說
別老是用一些
唬小孩的伎倆唬你大爺我
收拾好　被你們截彎取直的狗螺
收拾好墓園　和沙沙的鞋印
不然你們就沒有元寶蠟燭雞鴨成群的清明

[2011]

隨鶴走了

先是銅黃色的嗩吶　再來還是銅黃色的
嗩吶　勾魂的無常
朝著號啕大哭的反方向挺進　我聽說
鎮上半數的老人
被查封了嘴　不吉利的遺言一律吞回
老人像煙一樣灰濛濛的
隨鶴走了

我替我的恐懼穿上　虎型坦克的裝甲
設下無常的防線
外公　輕易走了出來
西裝筆挺　在巷子口站著
說鶴已經在路上
遠遠就聽見溫暖的翅膀　來接他
他在我母親的留言簿寫下
吉利的話
字跡工整　措詞簡單

我問他要在訃聞上寫些什麼
他問我要在散文裡寫些什麼

外公轉頭　跟外婆預訂下輩子的全套早餐
抱怨了布料太硬的西裝
其餘的
其餘的交給黑膠唱片和國王
頒贈的三枚勳章
母親參透了遺言　點播銅黃色的軍銅樂
外公點點頭
就隨鶴走了

留下廣場　和多邊形的空洞
我在火焰裡背誦
不知有用沒用的大悲咒
我奮力將哀傷的面積縮小
壓薄　貼上郵票
交給垂危的老夥計：麻煩你
隨鶴走時　一併帶去　麻煩你

[2011]

比謠言輕

外婆的地藏經　常被理解為陰天的鵝卵石階
無上慈悲的水分
青苔是不斷累積的迴向文
幽靈永遠是潮濕的　而且低溫
冷冷偎近　生人不敢觸摸的黑暗主題
他們喜歡夾帶虛構的雨
雨　是必需品

他們享用經文　他們懶得來回奔走
暫住二樓　像磁磚死死賴在廁所牆上
永遠保持潮濕的地板
我的夢　不時有幽靈進來露臉
或低速追逐　被寫成高分的作文
被複雜的情節逐年鋪衍
有鬼的夢
是童年的下下籤
是散文的上上籤

我的散文　開始集結這些上上籤
比謠言輕　比油
滑不溜手的陳年幽靈
不再惡言相向　要我以文字歸還形體
他們期待誇張的身世
他們期待合腳的鞋子
但沒有人也沒有鬼可以保證
全部的真實
雨前掠過的蝙蝠小隊
巫婆的黑鍋子　老闆乾撈的雲吞麵
都不能保證什麼

我無從朗讀
幽靈自己拿筆都寫不穩的名字
想問外婆
外婆已成為地藏經迴向的一夥
我獨自在散文中夾帶　虛構的雨
雨　是必需品
青苔呢　青苔私藏了大夥兒最想公開的機密

[2011]

話說瘦鯨

話說瘦鯨　作為綽號在城裡城外都很嚇人
壓根兒就是一口鼎
不軟不硬的
被一個肥胖女人扛著　大搖大擺
活著走進我家廳堂撒野　還不算
死後走進我的錄鬼簿　硬想霸占
醒目的地方

我哪敢忘記
她用答答的木屐權作說書的道具
她遠較地圖更準確的掌握了陽宅和陰宅
她的知識比礦層豐富
她腦袋養的鬼　比真的刺激
她說出來的　沒有人敢存疑
她沒說出來的　沒有人不想竊聽

瘦鯨的敘事總是燃起於燭火之夜　鬼們

進入皮膚表層的低溫
進入結目膛舌和興奮
謠傳中穿牆透壁　無敵逼真
我和我二十年後發表的散文
當場見證

公園的石凳　本是聽鬼首選之地
樹陰地涼　一說有百鬼垂立兩旁
等　第九百個故事長出尾巴
等　一顆該死的魚丸
等　瘦鯨永別咖哩魚丸麵的早餐
隨她的鬼們
一塊兒投靠我　鬼話連篇的銀城
成為燈　成為寫作的資本額

[2011]

終年不絕的夏天

黃河怎麼說　都只是個肥壯的空盒子
視覺上結實
適合被文人往漢語的源頭　賣力推進
那德性　少說數千百斤
沿途造假的吆喝　喝多了
竟也喝出些身份

黃曆呢　黃曆怎麼說都還算是個親戚
先別管是真親戚假親戚
一起流每天的汗
一起吃每天的飯
一起賽每天的馬
一起謀劃每天的凶險每天的吉祥
咱們眾多鄰居的客廳皆老老實實
供奉日曆
上頭的幾行黃曆和節氣

說到節氣　該怎麼說才好
不宜離家出走的一張
天文表格　偏偏有人
用單一的鼓去栽種　二十四節令
硬是打扮成北方的田
　　　　　　黃河的復刻版農業
硬是吃掉銀城終年不絕的夏天
　　　　叫赤道降完大雪降小雪

銀城　根本上是個豆子大小的文火
慢燉的砂鍋　裡裡外外
都很燙
黃河之水　十碗煎成一碗

[2013]

站滿了禁衛軍

瑣碎的舊事常常是傷痛
或幸福之臥底　吃定詞窮的日記
輕易被感性的句子懷上
開枝散葉　奉為真理兼謠言
埋下骨刺
在頑固的頸椎之間

沿著刺痛　我潛入椎間盤的荒蕪
準備好的劇本膠質豐富
見老人　大聲問候
見老狗　賞一塊雞腿骨頭
我遲遲走不回外婆的六號宅院
燕子說牠封存好衰竭
一些龜裂　在高牆下用低音喊我
音色裡有年邁的小神走過

為了印證荒蕪　所能達到的最大尺寸

先將某某人四捨五入
再將某某人四捨五入
死亡獲准　在這排英式洋房反覆現身
我的錄鬼簿
與晚餐一樣虛實參半　微微刺痛
鄉音　在第九聲站滿了禁衛軍
重新定義　視為廢墟
所有四捨五入的某某人
一律　淪為尋寶圖必備之陷阱

骨刺在地圖的前方固定　照常臥底

[2013]

木製的方言

最好是　在自傳裡多擺一張涼椅
籐編的木製的都行　快
別讓無人領養的
歲月　站著點名
從一二三四五六七　到四十八
無照之死黨
提醒我：有死忠的華語
意圖舉發咱們半糖少冰的偉大革命

趕過去　我找到粵語它卻像煙
像煙一樣飄進兒童節之完結篇
那些塗鴉之建築在指認　潦草的嫌犯
我集合大家
在謊話連篇的小學食堂
等校長　從籐鞭殺出來
往疼痛殺進去
——逼問：誰是

方言事件的第一人稱？

每個人稱　都搶著舉手搶著舉手

我目擊粵語跳上　蛋黃色的木製校車
一路破解
單腳之生字　飽含礦物質之女廁怪事
涼椅最終處決了炎熱
　　　　　假釋了散文
　　　　　窩藏了校長和深淺不一的疼

亂黨和木製的方言　從此挾持了校車

[2013]

淡米爾牛群

擠不進大事年表的那些灰燼之下午
咱們合力磨出小半杯
無糖之閒話　黑　而且苦
聊　隔壁肥婆女兒之婚事及喪事
聊　外婆前院九重葛之花笑與花哭

咱們自下午冗長得使彼此昏睡之交談
悟出濃郁
卻道不出品牌之乳香　也沒有人
來得及提醒自己或提醒對方
大軍已壓境
淡米爾人的牛群　讓我等見識長驅直入之含義
前三隻強暴花圃　後三隻殲滅話題
趕來助陣的是絕望　粗話　牛的副產品
偶爾穿插　綠色的巴剎馬來語

生活是江郎才盡的賀年卡

恭喜發財下面再寫幾行恭喜發財
偶爾穿插淡米爾牛群　甚至牛屎
也不賴
唯獨死神之捕狗縱隊
創造出亡命之草原　野狗們
快　快掀起霰彈槍之革命戰爭
活活驚醒　找不到麻將可打的
五方五土龍神

[2013]

小乘浮屠的牆上

事件在小乘浮屠的牆上找到佛的鹿苑
　　　　　　　　卻撞倒我的童年
宛如漿糊的經文黏住哀慟的鹽分
死亡　在最幼小的隘口
打了個結
我的親情歸入大願地藏王菩薩
從不示人的隱藏檔
我朝牌位大聲朗讀　十倍的黑暗

陌生之戒疤和短短的汗
空降在六號宅院
武功高強　少林方丈之泰語版
一掌　碎了門
一掌　收了陰晴不定的哭聲
方丈把沙發端坐成山
六道輪迴啊　他開始說法

佛陀用一個側睡的慵懶姿勢　演繹
我們的前世與來生
我聽不見菩提
我不想聽　動不動就阿僧祇劫的數據
我對祂的理解　錯字連篇
佛陀啊祢的小乘浮屠何故把我的思念
接二連三　關在裡面

祂和他一起步下壇城　推開疑問
祂說：別急
再等上三十年　如霧亦如電的三十年
會在小乘浮屠的牆上找到　我的鹿苑

[2013]

巻8　山城移動

坐北朝南

俺的夢　常是一隊鄉野小說的深色馬賊
逆向掠奪閒人野放的詞彙
私通的城垛暗暗驚呼
指出了道路
三五處　被節令萎縮的糧草硬是把俺
喚作南蠻
可俺的馬蹄還沒殃及定義裡的北方
長寬固定的黑山白水
已作勢包圍

要知俺和俺的狐群狗黨　自南而北
啥事都幹
啥事都幹得不怎麼漂亮
只懂　吃刀拔酒　越人殺貨
但比誰都清楚駝皮手卷裡山和山的經絡
　　　　　　　　　　　　　　風和風的脈搏
俺在肚皮裡私繪的地圖　比誰都要遼闊

莫要　款待俺以書生借宿的窮酸草堂
莫要告訴俺　從宰牛可以得出天下的大道
莫要莽莽撞撞
闖入剛上好迷彩的南方夢土
此刻顏料凌亂　大夥兒將身世隨手擺放
待俺弄出個像話的主題
醒目　如歷任寨主的虎皮太師椅
兵器歸兵器
酒囊歸酒囊　完成大小頭目心服口服的排行

俺的夢　特愛編制成一隊又一隊的死忠馬賊
在秀才口吃的頻率之外　自立章回
俺把行規精簡
帶上風格鮮明且不必分析的器械
大方亮出刺配的字眼　如梁山一干暴徒
日行千里　查無追兵

俺的馬隊　來來回回在夢最慈悲的懸崖轉悠
蹄子粗重　肩頸輕鬆
偶爾誤認成走失的松樹
幻聽成岩洞　吹響灰色的曲子在召魂
俺就招了吧確實有一軸山水
橫行　在體內
一如高手強行灌注的真氣

又如地牛甦醒　丹田被迫自轉個不停
直到地老天荒
獨獨剩下俺和俺的女人　坐北朝南

[2012]

一流山城

坐北朝南　季風劫來的香料朝著隱喻發芽
這可真要了俺的小命
舊事裡的茶寮日夜招安　叫俺先馴馬
再來見見被鼻音低聲朗讀的南蠻
見見包子大小的山城
三流風水
二流衣著的品味　空無一卷的大文盲書櫃

啥事都不懂的年少　俺跟包子大小的鄉土
就這麼遇上　雙方不修邊幅
　　雙方喊不出雙方的外號
鄉土熱呼呼攬著俺
攬著俺和漢子們乖巧的肩膀
學良民行走　路　跟每雙草鞋混得爛熟
如此逛過渾渾噩噩的街　酸酸甜甜的年月
無一人敢瞎走
無一人敢動上謀反的念頭

凡是當老爺的都喜歡坐困山城　翻兩頁書
點兩籠　落地生根的包子
從此刀不飲血　詩亦無邪
天下呢
天下在杯子裡舒展如普洱
俺都說了　人間沒有比山城的茶寮更銷魂
或更沉淪的宵夜與早點　把俺滋養
成一流廢人　立志終老在一流山城

最後是刀子挺身而出
　　　　刀子闖入狼群　或貶稱為飢餓的底部
　　　　　令全部的輪子察覺到自己昔日的滾動
當上老爺的爺們　卻搖了搖頭：此去千里
遠非凶險一詞足以形容
小子啊小子　可別淪為某某人的刀下亡魂

[2012]

極其迂迴

刀下亡魂　繞著同一個碗大的傷口在公轉
是南方呢　或北方
是陰曆呢　或是陽曆的刀法
呢字　學尺蠖往俺的右耳傎了過來
自詡為耳環一路死纏
爛打　說什麼俺跟南洋的巫術
跟香料有關　又說俺的刀意內有暗匣
　　　　　　　窩藏若干唬人的壞東西
　　　　　　　　見血封喉的鬼數據

不外乎老少咸宜的幾個降頭主題
魑魅魍魎　夥同慢動作的
馬來皮影
該留神的是刀子　裡頭有動靜
一片霸氣的岩層伺機暴走
一座老而彌堅的城池　負責防守
還有啊　還有　還有一疊數百年的帳本

定存了列祖的快和痛
孿生精密的氣流　粗獷的水分

俺的刀　極其繁複極其迂迴地召喚出北方
北方是鹽巴
是鳥獸蟲魚昇天祭腸時萬萬缺不得的鹽巴
是咒術　是錫礦的起死回生
　　　　是心無掛礙的一種
　　　釋放　靈魂從自己的深處拔刀
　　　　　　刀在人在刀亡人亡的刀

俺的刀譜　專心偽裝成一臉無辜的小雪
舉凡走過或即將走過的路
大部分進了地圖　小部分進了說書人
騙吃的茶壺
只有那麼三兩張桌子　聽出來了
聽出獸徑裡一隊快樂馬賊的赴死如歸

[2012]

天下無雙

赴死如歸　可不是彩排動作如後空翻之類
俺的意思就朝那如破甕的腦袋底部
咬牙切齒　把吆喝打磨得更為深邃
得以粗暴填上
一千個漢子棄明投暗的破壞性想像
一千次大雪　向微弱的火種投降

夜行的思想是狼
獸徑在構圖粗糙的酒器裡　剪草為馬
斷藤為蟒
給俺好好看緊　重量級的白水黑山
不容那咒術一般的洋鬼詞兒　輕易收編
傻傻的切成某某人晚間聽曲的小菜一碟

這詞兒　真以為自己是上帝的英明驢子
破解全部陽謀
號令火炬把暗夜的奧義全盤虜走

就憑它　或者它們
移植到官道兩側的幾盆番邦來的詞兒
休想
休想將俺的刀收押　將俺的馬
將俺獨步天下的南蠻刺青
將俺字領頭的北地漢語　一網打盡

俺的馬隊　在驢子造型的詞條外邊閒逛
裂土封疆
把該殺不該殺的甲乙丙丁都砍上幾刀
使金屬發出金屬的嘹亮
使肉骨　在修辭中肢離了它的傲慢
　　　　　冒號指定的懸崖　都是狼

俺的夢　常是一隊天下無雙的雜牌馬賊
在詩歌壇城的亮處　放心熟睡

[2012]

天邊移動

原以為是蜃樓在天邊移動
氣息是戰馬
躍過我心臟　頁岩堆砌而成的矮牆
脆弱事物的練習場　被重劃
石頭的過敏源　被移轉
歧義　陷落在大道兩旁

呼吸將暗夜　壓制在地表
我嘗試掏出思想裡全體過動的燧石
弄醒火
幾條磨刀霍霍的小巷　優先解壓縮
傾城的詩意消融如雪
該固守的　固守
該逃亡的　逃亡

如末日之草圖　我的孤城現身於仿麻畫布
一千筆薄塗的顏料　也難以喊出

油畫中鈷藍色的馬鳴
我想起
石獴橫行的黯黑戰役
聽　八百哩外每一株短草的根
朝著我的領地進軍
欺敵的　不足以欺敵
迎敵的　不足以迎敵

看來我需要動員虛無的筆觸
換上普魯士藍
最好也換上撫摸過紅鬃烈馬的政治手腕
用貂毫守住心臟
我端坐如樹　在拉爾哈特的閱兵校場
調配出熟褐色的鼓聲
此刻有蜃樓在天邊移動
那氣息　百分百是戰馬

[2013]

比伊斯蘭

比伊斯蘭資深兩倍的詩篇
沒被發現
何時躲進　阿拉聖典的前後摺頁
透明的雲層下方
我用瘦弱的滾木搬運巨大的詞
沙暴止步　繩索自甘墮入
線裝書的上古史

我準備在此遭遇比伊斯蘭早熟兩倍的
詩人　與真神平等
他咀嚼的詩句跟拉爾哈特的太陽
同樣永恆
人們開始在自己的事蹟裡觀望　搭起
駱駝色的澡堂　帳棚　和烤全羊
然後坐下來　等
沒日沒夜的　等

直到驚動　比伊斯蘭殘舊兩倍的鬍子
凡他虛構的皆成真實
凡他洩露的皆成守口如瓶的神祕數字
我知道石頭
石頭將從各種譬喻裡取得
大嶽的封號　我知道甲蟲
甲蟲在冗長的句構裡挖掘
再埋好　日後革命的謠言

暫時沒有起義的戰馬　或彎刀
由詩人蓬鬆的鬍子朗讀出來
魔鬼　逃離真言的半徑
世界變得整齊
文靜　佈滿雲
銀器裡的牛奶叫醒六十個昏睡的夏天
詩被太陽　清楚看見

[2013]

掘地三尺

我離地三尺的寫作
你掘地三尺的閱讀　交易了孤城內部
保守的鵝卵石　附帶交易了
寫實派的狠句子
以上皆是　物老成精的超級班底
糊住你　險險破城而入的精銳眉批

你的考據　深入我的手勢
手勢中迫降的壁虎說自己　乃胎記
有人相認　認出地理
道出混種的野漢語
你堅持深入我　指縫瀰漫的風沙
找出1：10的樂高五腳基
1：5的鄉親模型　1：1的雷陣雨
你說彎刀　會在排比中找到
10：1的親信與仇敵

我的指節　向你的智庫發出戰帖
你是老練的棕櫚　貓下身子
打聽水　與火的會戰
我說你　不妨沿著矮牆一路走下去
暗褐色的磚可考出雨水豐沛的酉年
五腳基和瓦的密談　幽禁了你內心
堪稱迂迴的火焰

你得先虜獲　深度迷彩的假英譯
盤問極其老土的
破成語　髒鬍鬚
你亦可試著朝那古狗地圖　點擊
或朝那加密的馬來文檔案　點擊
再朝看起來很誘人的按鈕　點擊
謊報的妖異　會弄假成真
污點證人在耳窩深處　醉死夢生
可你還是找不到
拉爾哈特　像書籤一樣
夾進聖典裡的孤城

[2013]

是叛軍的

神說　這一章是叛軍的
拉爾哈特　亦是叛軍的

奉至剛至烈的真主之名
我們追溯碳筆　尚為柳樹之前生
目擊使徒　以靜物
預壓了命運之碳色
預言了王者之圍城
預約了　在此葬身的無數敵人

終究亮出兵器　互不相識的我們
結集成衝動的小牛皮
為封面燙金
神說這一章　只可以是叛軍的
我們用指腹開啟　古蘭經的書法
戰馬的眼睛留住挑釁之晚霞

這城池血氣方剛
這城池打從曾祖父以來就血氣方剛
　　　　　　　　　　培植亂黨
城內到處夾雜刀的交歡　矛的氣喘
你可以感覺到皮靴
跟滿街的反骨　貼身磨擦
走入卷末垂危如脫頁　爛醉之酒館

我們即將發動一場聖戰　應該是精裝版
備好占領敵營的誓言
一字不易　日夜複習
比屠一頭龍還要凶險的政治數學題
我們不打算保留　隱密的裝訂邊
或臥底在細節
反正　反正就帶上你們的刀
　　　　　　　牽好你們的馬
總得有人　來完成命運交付的大型武裝
令閃電左右對齊
令風雨加寬我們逆向行軍的行距

神說這一章　是叛軍的

[2013]

尾聲: # 雄渾的銅

趕在溶點之前　你挺進不容分享的遼闊
拔出青澀的銅
大量年深月久的禁咒　就地易容
成捕獸器
盯緊　明晚路過於此的悠久狼群
露水在草尖喊出戰爭的綽號
更多的銅　在騷動
在引誘遲遲未能誕生的鏽

往第五十根弦上你埋伏了風砂
如城垛之窺探
如精密之死亡
你的銅　嘹亮地切開原野的全部唱腔
　　　　大舉翻修求雨的弦樂
　　　　攔下獨奏者　好讓他不顧一切
　　　　山凶水險

金屬浮躁　你把陽謀的劇本和唱腔謄好
格子格子全都一樣大小
戲子那水袖
眼看戲子那水袖快藏不住甦醒
和甦醒前後少不了的小小抽搐　誰呢
誰來偷渡黑暗　誰來
嚇阻夜裡敵意的綻放

大舉啟動　你清醒的銅
往時間的腹肌注入天意的乳酸
真言凝固在聆聽之外
跟斜之中
此後　你的脈象隨那台下的分泌移轉
如樁入地　或源起於音譯
逐句逐句偏離的地理

[2013]

附錄一

敘事（1991-2001）

　　從小就很喜歡聽故事和講故事的我，如果活在古代，會是一位靠三吋不爛之舌來騙吃騙喝的說書人嗎？還是閒閒坐在茶水之間的書生，把故事記下，改寫成一則又一則的聊齋。多年以後赫然發現，說書的渴望悄悄倒影在我的詩裡，像船的龍骨，「敘事」乃成為詩歌最根本的調子。久而久之，很人對我的詩風留下相當刻板印象，好像我只擅長一種敘事詩。聽起來就好像說書人只擅長說書一樣，一樣的合情合理。

　　我最早期的詩作確實有很大的敘事成分，像〈髑髏物語〉（1991）和〈風雲〉（1991），以及許多散軼在詩集之外的少作，都可以定義成敘事詩。

　　後來有了一些改變，從〈治洪前書〉（1992）開始變成半敘事，或化整為零的局部敘事，有時甚至是某種反敘事的敘事。那為什麼抱著敘事不放呢？那是一種憂慮，也是一種策略。我常常聽到讀者在抱怨台灣現代詩的艱澀難

懂，以及大陸當代詩歌的天馬行空，研究了一些日子，終於發現了問題所在：詮釋脈絡。一般的現代詩都是我行我素，一副「懂就讀，不懂就拉倒」的嘴臉；其實只要詩人們能在創作時，多考量詮釋的脈絡或解讀的線索，現代詩就不會那麼難懂。而最簡單且有效的做法，即是將訊息「情節化／步驟化」，讓讀者可以找到讀詩的軌道，以及解詩之鑰。

把詩寫下來，並不是要當日記給自己讀的，而是寫給預設（或無從預設）的讀者。於是我的詩篇都有一個或隱或現的敘事結構，來承載神思，演說大事。如此一來，主題再怎麼龐大，思緒再如何複雜，都有一條清晰可靠的脈絡在導引讀者的眼睛。完整的敘事結構對龐大的素材而言，比什麼都來得重要。

或許又有人要問我：是否因為重視敘事，所以才找上歷史題材？

歷史，原是我最沉溺的閱讀。

有時不禁懷疑自己是否喜歡歷史多過文學，尤其英雄人物的傳奇故事，不能自拔地沉迷了二十幾年，幾乎是懂得看書以來便迷上歷史。我這輩子買的第一本故事書便是《曹操》，一套六冊的連環圖。所以曹操成了第一位被我崇拜的英雄，永不褪色，十五年後我寫下〈曹操〉（1994）一詩。表面上是寫曹操，其實是透過曹操這個人物案例，來辯正一些有關歷史的文本性，以及文學作品的影響力的問題；說真的，我完全沒有翻案的意圖，那只是一種手

段。之所以選擇曹操，乃因為他最能勾起我的情感，對梟雄的肯定與同情。這裡又碰到用典的問題。跟古人在一個句子裡濃縮一段龐然的典故不一樣，我故意用一則家喻戶曉的歷史故事，只挑有辯證價值的部分來辯證，不需要重讀原典，所有的意義在詩中自給自足，讀者腦海裡的知識就是我預支的資源，只用半個情節便能獲得完整的理解。〈曹操〉便是極佳的例子。這種詩，思維運轉的分貝往往過高，難免掩蓋了情感的搏動。

情感遂成為我最常被誤讀的元素。

在《治洪前書》（1994），情感是刻意隱藏的，為了操作那種冷硬的，像岩石一樣的語言，讓詩粗糙，充滿稜角。有人說我的詩無情，其實是敘述得太冷靜，像多情劍客的無情劍。這種語言有人欣賞有人反感，我覺得很累，累得有點推不動，同時也看到這種語言的侷限，必須再求轉變。到了《再鴻門》（1997）語言才漸漸舒展開來，尤其一些田野素材的小詩，以及三首有關南洋的詩篇。早在我寫下第一首敘事詩的時候，便開始尋覓一個可以大寫特寫的題材，它要夠大夠深夠遠，時間跨度必須高達數百年；最好是有血有肉有強健的骨架，可以淋漓盡致地寫上一整個系列，讓我死心踏地的花個十年八年時間，先暖身，再用最好的狀態將它宏偉地派生出來。

這是我的史詩夢想。

我給自己很長的時間去累積力量——史識、情感、技術的力量，在這期間所有的敘事性詩作，都是為那最終極

的史詩而寫。所以它必須具有被書寫的價值。唯一能夠釋放我隱抑久久的感情，又能成為地標式作品的題材，只有「南洋」。「南洋」二字，宛如和氏之璧，灰濛濛地埋沒在馬華文學的詩域之外，所有前輩詩人都未曾把它成功地詮釋過，它兀自枯坐在漢語式微的南方，一坐數百年。

我感同那晚生了數百年的說書人，來不及潤喉，來不及彈舌，便有一股莫名的衝動驅使著十指，在鍵盤上架構起一座會館的雛型，開拓一片可以再現南洋華人拓荒史和異族殖民史的新天地。選擇廣西，喚醒記憶，翻讀史籍，在鑼聲鼓點的助陣下啟動我的南洋。

〈會館〉（1996）一詩，可視為我創作生涯上的重要座標，在此建造了血脈相連的南洋圖景。再來是〈茶樓〉（1996）和引發爭議的〈甲必丹〉（1996）。南洋歷史對台灣讀者而言，即遙遠又陌生，如何在不加附註的情況下，讓讀者能夠理解其中的背景和事件，是一件極具挑戰性的工程。前兩首還可以做得到，〈甲必丹〉就很難了，馬華讀者或許可以徹底了解，但台灣讀者只能掌握百分之六七十左右。

這三首詩好像是鄉愁的巨大回音，由此測出南洋史詩和我的最後距離。

在一九九九年，我以南洋史詩為核心，構想了暫名為《在南洋》的第三部詩集，獲得台北文學年金的支持，來完成心中沉積多年的長詩。我先寫了〈在南洋〉（1999）和〈還原〉（1999），但它們都屬於單篇創作，算是最後

的暖身，不足以考驗一個創作者對大題材的處理能力。台北文學年金的計畫期限，正好逼我直接面對很龐大卻又很容易損毀的夢想，從來沒有人成功寫過的南洋史詩，會在我筆下營造成什麼樣子？

這輯史詩令我傷透了腦筋，光是策略和筆法就反反覆覆地想了幾年。這期間許多來自馬華文友間的愚昧雜音在身邊出現（主要是三兩個不懂詩為何物的評論者，以及把詩寫得很糟糕的新生代詩人），說什麼南洋不存在、沒有書寫的價值、為何不寫現實的馬來西亞諸如此類的外行話。南洋題材的選擇，主要是因應主體生命的思考和需求，他們看不出它真正的價值，我也懶得公開反駁，那跟夏蟲語冰沒什麼兩樣。好玩的是這些小丑卻隨我的身影起舞，在我的陰影底下寫了許多南洋（或反南洋）題材的詩篇。小丑們意在圍剿的書寫和評論不但沒有殺傷力，無形中卻壯大了我的南洋，產生一股創作的助力，我忍不住要偷偷感謝他們。要糟蹋南洋很容易，要把它寫好真的很難。我嘗試用散文去寫它，赫然發現散文比詩更能夠完整而且深入地呈現我心中的史詩。可是我不打算用兩個文類來處理同一個題材，很浪費，最後還是選擇難度比較高的詩。

然而，詩是沒有辦法超越歷史的，除非那一段歷史沒有其他形式的紀錄（像古代的英雄史詩），或者正巧碰上像李、杜那種的不世奇才。詩必須兼顧語言的詩質，以及敘事的透明度；然而正史的書寫卻沒有任何的顧慮與限

制，可以放肆地往野史靠攏，可以將事實的外殼層層削去，直取核心（可惜真正懂得這個道理的馬華詩人和學者沒幾個）。完美的史詩真是一場詩歌語言與歷史陳述的平衡藝術，自五四以來，沒有哪位漢語詩人達到這理想中的化境，散文和小說同樣沒有。古往今來也只有《三國演義》能超越並取代了《三國志》，那是說書的最高境界吧！如果羅貫中寫的是《秦漢演義》，能不能超越《史記》呢？

《史記》是一道不可超越的高牆。

當年我構思〈再鴻門〉的時候，司馬遷的鴻門宴便像巨人阻擋在前，不管我寫得多好都不會有人說它超越了《史記》，原想直搗鴻門的敘事大軍，不得不從解構與後設的險徑襲擊，亮出自己的大旗。在鴻門，我清楚感受到詩的先天侷限，難怪有人說寫詩就是「枷鎖之舞」。在南洋，我卻得用「枷鎖之舞」正面迎擊所有的問題。

南洋的史料在桌上如高塔矗立，我盤旋如鷹。試著想像太史公初撰古史的心情，揣摩羅貫中把玩三國的神技。但南洋史的精彩度不足，遠不及英雄與梟雄輩出的中國史，如何把它寫得較生動？我該往大處寫還是小處鑽？該深入每一個歷史事件還是點到即止？這輯史詩的終極目的何在？有沒有必要重構那個被後人遺忘的，歷史的上游？千百個問號，盤旋如鷹。

南洋史詩必須同時面對事件背後糾葛不清的各種因素，很多事件必須用史書的寫法才能交代清楚，用詩很

難，極可能傷到語言的質感。果真龐大啊我的南洋！從鄭和的航線讀下來，馬六甲王朝的興亡、三度易主的殖民史、天地會在南洋的活動、同盟會的革命、南中國的天災人禍、獨立前後的大馬政治、上自黃金錫礦下至橡膠油棕的經濟發展、還有共產黨和五一三。光是交代南洋移民的因素，就得花上數萬字的論述，要把它濃縮進來，還得讓國內外的讀者讀懂。我突然覺得翅膀很重，找不到風。

　　我曾經處理過葉亞來（以人為本），這回又試著處理了拿律戰爭（以事為本），如果採取二者交替的寫法，形塑人物，排演情節，固然可以將人物與事件交代清楚，但長篇大幅下來，勢必出現技巧和視野的重複，並造成語言的疲憊。重複與冗長，會傷害詩的情感和氣勢。我也不想寫一首完完整整的千行敘事詩，雖然它最能呈現一幅南洋移民史和殖民史。可它缺乏情感的參與。這麼一部時間跨度六百年的歷史敘事詩，真正與我陳氏先祖交集的部分很少，只有後面的一小部分；採取這個策略，會淡化情感，我不想寫一部純粹事理的敘事詩。

　　最後，我選擇了一種家族史和精神史的綜合體。情感、精神和事件三合為一：三分之一的宏觀歷史、三分之一屬於微觀的陳家故事，再三分之一乃自身的國族思考。我隱去對許多事件的看法，只裁剪幾件大事，或陳述其始末，或簡化成背景，進而釀造成歷史的氛圍。這輯詩既可以化整為零，又可以化零為整。真正作為這輯史詩的核心的是：思維、情感，以及磅礴的大氣勢。就史料的發現和

創見而言，我沒有任何的建樹，因為那不是重點。畢竟我要寫的是詩，不是史。

我打算寫一輯，十首，五百行以內，要一氣呵成。

這十首詩是同步撰寫的，表面上是十首，其實是一首長詩的十個章節。我放棄了慣用的電腦，把十張Ａ４的印表紙一字排開，攤在那兩張合計十呎的書桌上。那種感覺很原始，回到還沒有學會用電腦的時代；也很草創，一個草創的故事時空和一首草創的長詩。書寫，就是這種感覺最精確的指稱。

寫寫寫，遙想殖民時代的數百年風雲，揣度祖父從廣西南下的掙扎與動機、父親年少的思緒，以及我在台北構思南洋、書寫南洋的複雜情境。十首詩的時空來回跳接，交錯著家族和歷史的情節；每一個意象都三思才下筆，前後連續，甚至向外延伸到舊作裡去，把一些舊意象和題旨抓進來，匯入最終端的血脈，構成完整的意象系統。初稿在九月三十日完成，先給台北文化基金會交了差，接著又花了兩個月來修訂，終於在十二月二日定稿。它叫《我的南洋》，是我最後的南洋。

前後十五首南洋詩作，編排成外篇、序曲和內篇三個部分，名之為《南洋史詩》。不長，近八百行，卻濃縮了我對那片土地所有的回憶和情感，也耗盡所有的書寫技巧和力量。好比一位磨練了十年的說書人，一口氣把全部的故事和精力放盡。放得淋漓盡致，痛快無比。雖然半年後再細讀，仍有不少地方可以修訂得更完善，卻不想改，且

讓這輯史詩保有我上個世紀的語言風貌、年少的說書技巧。

這個系列創作，可說是第三本詩集《盡是魅影的城國》（時報，2001）的核心篇章。

不過詩集中的其他五個系列也不是隨便寫寫的。有的承先（承接我一慣的古典中國的文化想像），有的啟後（對都市詩的試探性創作）。其實在這本詩集當中，我自己寫得最滿意的兩首是〈我的敦煌〉和〈前半輩子〉，而且這兩首詩的寫作難度皆在南洋史詩之上。〈我的敦煌〉的創作歷程對我而言是個異數，我一向都清楚、明確地擬定書寫的題旨與策略，甚至語言的節奏和技法都在掌握之中，唯獨這首詩例外。我心中僅有一片荒蕪的大漠、一曲渺遠的風聲、一些混沌的敦煌想像，下筆之際腦海裡只有四個字：「我的敦煌」。全詩就被偶然蹦出的「很醜」二字啟動，接著任由那飛天成煙、經成夢，詩句在筆下泉湧而出，意在劍先，且一氣呵成。如今回過頭來讀它，卻能讀出某個顛覆性的意圖，以及蜃樓般的思緒。寫詩如馭馬，韁繩緊握於手中；偶爾讓戰馬脫韁而去，會奔出更純粹的風景。〈前半輩子〉企圖把一些不成詩的，近乎論文註釋的理性句子，柔軟地融合到懷舊的詩境裡去，調校出一種和協、安靜、時間交疊的氛圍，讓懷舊的思緒、敘事者的身影、被翻閱的攝影集、照片中的人物，進行一場小規模的超時空四重奏。這兩首詩，前者總結了一項歷時久遠的工程，後者則替另一頂工程奠基。

細心的讀者應該會發現：包括〈前半輩子〉在內的「台北書寫」，是這本詩集中第二大的影像；十二首以台北都市為思考對象的詩篇，是我在研究過亞洲都市詩之後，逐漸萌生的另一股創作衝動。這些充滿解構、顛覆、辯證意圖的都市詩，都有一種自己的姿態，絕對不輸給我讀過的那千百首都市詩，只可惜它們在我經營多年的敘事詩陰影底下，黯然了色彩。但我總覺得，都市詩會是我第四本詩集的核心。

　　一個擅長敘說老故事的說書人，能不能把現代文明的事物說得更精彩呢？這個答題還很遠，先給他一點時間，讓累垮的舌頭靜靜冬眠。

2003.11.11

附錄二

半手工業（2005）

　　開始構想這部詩集之前，我早已決定遠離原來的敘事風格。

　　回顧整個九〇年代的創作生涯，我把自己籠罩在一個氣勢恢宏的文本世界，花很大的力氣去錘煉鏗鏘的語言，去追求雄渾的敘事，意圖建構一個格局龐大的南洋史詩圖象。敘事技巧的自我磨鍊是很迷人的挑戰，從自己寫過的，以及眾多前輩詩人寫過的敘事詩，我眺望到一個矗立在遠方的，更完美的敘事境界。也就是說：每一個被處理過的敘事素材，其實都可以往上提升到目前無法企及的高度。寫作就是對「境界」的無止境追求。那個感覺，很像《棋靈王》裡的棋魂佐為，千年不倦地追求「神乎其技」的境界。

　　要讓原來的敘事技巧更上層樓，不是件難事，但這麼一來就好比在同一座孤峰上持續攀爬，環顧相去不遠的風景，我的詩很快便僵化，淪為某種負面的刻板印象。所以

我必須離開，折返，朝著無詩的起點，走一段很遠的路，回到初學者的地平線，淨空自己，讓詩筆生疏乃至鏽蝕。

為了改變根深柢固的敘事風格，必先置於死地而後生。

於是我再次享受到埋頭讀詩的美好時光，只讀不寫，享受其他詩人嘔心瀝血的智慧結晶，享受現代漢語在字裡行間的千變萬化。詩的世界，登時變得很輕鬆。原來當個純粹的讀者，或純粹的學習者，都是很幸福的事。

二〇〇五年一月上旬，我從「系列一：抽象中行走」重新出發，腦海中儲備已久的諸家詩帖，如詩國的祖靈，助我喚醒休養生息了五年的慵懶詩筆。這個系列描寫當下的心境、處境，和思緒。一切都不慌不忙，我感覺到豐沛的創造力，在筆尖，蓄勢待發。「系列一」的前四首，是在學期末批改學生作業時抽空寫的；後八首，則是一月下旬從台北飛往吉隆坡和怡保的旅途上，被漫長的行程逼出來。我故意保留幾個以前常用的意象，讓它們融入新的意象系統和句構當中，讀起來，才有一點承先啟後的味道。

這次寫詩的感覺跟以往比較不一樣，邊走邊寫，盡是字跡潦草的斜斜初稿，輸入後列印出來，紙上再修改一、兩遍。這些年來，我習慣坐在電腦面前直接寫作，尤其散文和論文，根本沒有紙上作業的階段。如今，卻再次進入「手稿」的塗寫過程，彷彿回到還不太會用中文輸入法的大學時代，感覺很好。後來的四個系列，都在塗鴉裡陸續誕生。

寫詩，遂有了半手工業的簡樸風味。

　　這幾年我很努力研讀大陸當代詩人的詩論和詩作，寫了幾篇論文。大陸詩壇崇尚一套跟台灣迥然不同的詩歌美學，雖然佳作比例不高，但那些脫穎而出的好詩卻很有討論價值，於是我挑了柏樺、江河、西川、食指、于堅、北島等六人的詩，作為「系列二：京畿攻略」的書寫對象。這個系列在從怡保回台北的路上完成，寫得很快，而且下筆幾成定稿，主要是有幾首很獨特的詩，跟我的思緒不斷對話（或對峙），因此產生劇烈的催化與激蕩。「系列二」採用兩種不同的策略，去回應幾位詩人及其詩作，敘述的語言也隨機而變，寫得挺過癮。但我沒有隨俗在詩末註釋，或在篇名後加副標說明，反而以相當明顯的方式融入原作的幾個詩句，甚至在內文嵌入原作的篇名。讀起來，比較不會死板。

　　「系列三：風中狂草」和「系列四：近鬼神」都誕生在春陽三月的中壢市，閒閒的好日子。「系列三」本來不是這個模樣，寫著寫著，就像颱風突然轉向（其實是受邀寫一首諷刺LP事件的政治詩），便以孔子為軸，以政教亂象為靶，不顧一切的寫下去。其中兩首政治批判意味較重的詩，只有台灣讀者看得懂，這也沒辦法。我並沒有將之拆散成兩個系列，隨其自然，它本來就是風中狂草──風朝哪吹，就往哪倒。其中一首錯字連篇的，是最意外的收穫。這個系列的存在，讓這部充滿設計感的詩集，保有一群脫韁而奔的野馬。

「系列四」寫一些好玩的念頭、特殊的體驗，以及對另一個世界的思索。聊齋鬼魅，是我童年的最愛，長大後又有不同的見聞和體驗，常忍不住把它們寫成散文，或成詩。這回寫得比較認真，希望能夠借神鬼來運筆，乩出幾首有看頭的短詩。

五月，開始動手寫這部詩集的壓軸之作。

「系列五：殖民者的城池」寫我老家怡保。怡保是一座粵語之城，在檳城以南，吉隆坡以北；華人多，印度人也不少，當然還有無孔不入的馬來人。這座素有小桂林之稱的美麗山城，曾是世界錫產量最高的地方，早年到處都是礦湖和採礦的鐵船。不過在我看來，它更像一座美食之城──廣式點心、咖哩麵與炒河粉，構成鄉愁很重要的部分。

我家社區隔壁是人口稠密的文冬新村，那裡漸漸成為印度人的聚集地，十步一廟，五步一神。我的詩很少處理多元種族社會的宗教或文化情境，這回非得嘗試一下。至於高中時期等候公車的，全是金舖和布莊的休羅街，以及非常經典的大鬍子印度警衛，不入詩實在太可惜了。由兩列殖民地老建築構成的休羅街，遂成為地誌書寫的起點。我沒有史詩的企圖，只想透過文化地理學和地誌學的角度，輕鬆地記錄我的家鄉，留下經驗中的美好事物。五月中旬完成前六首，六月下旬完成後三首，這部一千五百行的詩集便大功告成。

在即將展開排版作業之前，我寫了十幾則手札，穿插

於各卷卷首；還故意引用了部分詩作的詞彙和意象，讓兩者更有相互呼應的作用。此外，其中幾首詩修改了幾個字，跟原發表的版本略有不同。

蛻變是必須的，前三部詩集都有階段性的語言實驗和改變，但這次的蛻變比較劇烈，而且冒險。「系列五」可以說是現階段詩風的完整樣式，一座壓軸的城池。

這部詩集的創作時間很短，六個月，卻耗盡我五年的「思（詩）維積蓄」。

接下來談到書名：《靠近 羅摩衍那》。很多詩人喜歡援用西方意象，不管是經典名著、樂曲、藝術家、大學者、詩人作家，或很有文化質感的地名。那些名詞對我而言沒有實質的意義，只是趕時髦的流行符號；我喜歡逆勢而行，便挑了印度意象作書名。這首特寫印度人的詩作，是我在多元種族文化書寫上的一次重要嘗試，具有里程碑的象徵意義。我沒有直接描寫印度，僅止於怡保在地的印度宗教文化，所以是「靠近」羅摩衍那。（這個書名的正確唸法是：靠近_羅摩衍那。中間要空半格。）

從宏觀角度來看，我的四部詩集──遠古的神話中國（《治洪前書》）、解構的歷史中國（《再鴻門》）、華人移民的南洋史詩（《盡是魅影的城國》）、馬來西亞的多元種族文化與地誌書寫（《靠近 羅摩衍那》）──是一部隱形的語言風格和主題遷移史。我已經開始構想更具挑戰性的下一段旅程。

2005.10.10

附錄三

陳大為創作年表

1969 九月，出生於馬來西亞怡保市。

1988 九月，來台就讀台灣大學中文系，住在台北市長興
街男一舍。

1989 八月，加入大馬僑生的跨校藝文社團「大馬青年
社」。

1991 〈髑髏物語〉和〈飼虎事件〉並獲第一屆台大文學
獎・新詩首獎
〈殘〉獲全國小品大競寫・首獎
〈柱子〉獲第三屆新加坡獅城扶輪文學獎・散文第
二名
〈回鄉偶詩〉獲台灣新聞報文學獎・新詩佳作

1992 〈尸毗王〉獲第十四屆聯合報文學獎・新詩佳作
〈治洪前書〉獲第十五屆中國時報文學獎・新詩評
審獎

1993 六月，大學畢業，遷居台北縣新店市。

八月，在基隆市佛光山普門雜誌社擔任文字編輯。

〈堯典〉獲八十一年度教育部文藝創作獎‧新詩佳作

〈夜探雨林〉獲繁榮杯世界散文詩獎賽‧佳作

1994　六月，在台北市的佛教雜誌社擔任行銷業務。

八月，就讀東吳大學中文所碩士班。

第一本詩集《治洪前書》（台北：詩之華）獲國家文藝基金會獎助出版

〈西來〉獲創世紀詩社四十周年詩創作獎‧優選獎

〈童年村口〉獲第一屆新世紀杯全國詩歌大獎賽‧優秀獎

1995　主編《馬華當代詩選（1990-1994）》（台北：文史哲）

〈曹操〉獲第十三屆全國學生文學獎‧新詩首獎

〈守墓人〉獲第二屆新世紀杯全國詩歌大獎賽‧三等獎

〈海圖〉獲南瀛杯全國散文大獎賽‧三等獎

〈屈程式〉獲第三屆星洲日報花蹤文學獎‧新詩佳作

〈再鴻門〉獲第十七屆聯合報文學獎‧新詩第三名

《羅門都市詩研究》獲文建會現代文學論文計畫獎助

1996　〈會館〉獲八十四年度教育部文藝創作獎‧新詩第一名

1997　六月，碩士畢業。

八月，就讀台灣師範大學國文所博士班。

八月，擔任台北科技大學國文科兼任講師。

第二本詩集《再鴻門》（台北：文史哲）獲行政院
文建會獎助出版

〈會館〉獲第九屆中央日報文學獎・散文第二名

〈茶樓〉、〈甲必丹〉、〈達摩〉等獲第四屆星洲日報
花蹤文學獎・新詩推薦獎

1998　八月，擔任元智大學中語系兼任講師，遷居桃園縣
中壢市。

出版碩士論文《存在的斷層掃描：羅門都市詩論》
（台北：文史哲）

〈門神〉和〈橋鬼〉獲第二屆飛天月刊散文大獎
賽・二等獎

《再鴻門》獲八十六年度新聞局圖書金鼎獎・推薦
優良圖書獎

〈論羅智成詩中的先秦圖象〉獲第三屆台灣人文學
術研究獎・第一名

〈反英雄神話和他的文化疲憊〉獲第一屆全國大專
文學獎・評論佳作

〈茶樓消瘦〉獲八十六年度教育部文藝創作獎・散
文佳作

《亞洲中文現代詩的都市書寫1980-1999》獲國科會
博士論文計畫獎助

1999 〈在南洋〉獲第十屆中央日報文學獎・新詩第一名

〈流動的身世〉獲第四屆桃園縣文學獎・散文第二名

《在南洋》史詩寫作計畫獲第二屆台北文學獎・文學年金

〈木部十二劃〉獲第二十一屆聯合報文學獎・散文第一名

〈還原〉獲第二十一屆聯合報文學獎・新詩第一名

〈從鬼〉獲第二十二屆中國時報文學獎・散文評審獎

〈僵硬〉獲第二屆台灣省文學獎・新詩佳作

〈抽象〉、〈請你挪近燭火〉、〈我沒有到過大雁塔〉等獲第五屆星洲日報花蹤文學獎・散文推薦獎

〈管窺亞洲中文現代詩的屈原主題〉獲第二屆全國大專文學獎・評論佳作

出版第一本散文集《流動的身世》（台北：九歌）

2000 六月，博士畢業。

八月，擔任南亞技術學院通識教育中心助理教授。

《流動的身世》獲八十八年度新聞局圖書金鼎獎・推薦優良圖書獎

主編《馬華文學讀本I：赤道形聲》（台北：萬卷樓）

2001 出版第三本詩集《盡是魅影的城國》（台北：時報文化）

出版博士論文《亞洲中文現代詩的都市書寫1980-
1999》（台北：萬卷樓）

出版論文集《亞細亞的象形詩維》（台北：萬卷樓）

主編《天下散文選（I，II）：1970-2000台灣》（台
北：天下文化）

《盡是魅影的城國》獲中國時報「2001年網路票選
十大好書」

2002　擔任台北大學中文系專任助理教授。

主編《台灣現代文學教程5：當代文學讀本》（台
北：二魚文化）

出版散文繪本《四個有貓的轉角》（台北：麥田）

2003　出版散文繪本《野故事》（台北：麥田）

出版第二本散文集《句號後面》（台北：麥田）

出版人物傳記《靈鷲山外山：心道法師傳》（台
北：遠流）

〈青色銅鏽〉獲第二屆世界華文優秀散文盤房獎

2004　主編《馬華文學讀本 II：赤道回聲》（台北：萬卷
樓）

主編《天下散文選（III）：1970-2003大陸及海外》
（台北：天下文化）

出版論文集《詮釋的差異：當代馬華文學論集》
（台北：海華文教基金會）

出版論文集《亞洲閱讀：都市文學與文化1950-
2004》（台北：萬卷樓）

《句號後面》和《盡是魅影的城國》獲第六屆馬華
優秀青年作家獎

2005　主編《天下小說選（I，II）：1970-2004世界中文小
說》（台北：天下文化）

出版第四本詩集《靠近 羅摩衍那》（台北：九歌）

2006　二月，升等為台北大學中文系副教授。

主編《20世紀台灣文學專題（I，II）》（台北：萬
卷樓）

出版論文集《思考的圓周率：馬華文學的板塊與空
間書寫》（吉隆坡：大將）

2007　出版自選集《方圓五哩的聽覺》（濟南：山東文藝）

主編《馬華散文史讀本1957-2007（I，II，III）》
（台北：萬卷樓）

出版第三本散文集《火鳳燎原的午後》（台北：九
歌）

2008　（無事可記）

2009　八月，升等為台北大學中文系教授。

出版論文集《中國當代詩史的典律生成與裂變》
（台北：萬卷樓）

出版論文集《馬華散文史縱論（1957-2007）》（台
北：萬卷樓）

出版論文集《風格的煉成：亞洲華文文學論集》
（台北：萬卷樓）

2010　主編《馬華新詩史讀本1957-2007》（台北：萬卷樓）

主編《天下小說選1970-2010（I，II）》（台北：天下文化）

主編《天下散文選1970-2010（I，II，III）》（台北：天下文化）

2011 （無事可記）

2012 出版新編散文集《木部十二劃》（台北：九歌）

出版論文集《最年輕的麒麟：馬華文學在台灣（1963-2012）》（台南：國立台灣文學館）

2013 主編《中國新詩百年大典（第13卷）》（武漢：長江文藝）

主編《20世紀中國文學專題》（台北：萬卷樓）

出版人物傳記《靈鷲山外山2013：心道法師傳》（台北：遠流）

編選《羅門・台灣現當代作家研究資科彙編（35）》（台南：國立台灣文學館）

2014 出版第五本詩集暨個人詩選《巫術掌紋：陳大為詩選1992-2013》（台北：聯經）

附錄四

相關評論

楊小濱〈盡是魅影的歷史：陳大為詩中文化他者的匱乏與
絕爽〉,《世界華文文學論壇》2013年第1期（2013/
02）,頁22-27。

金　進〈解構精神、原鄉情結和台北敘事──馬華旅台作
家陳大為詩文之研究〉,《世界華文文學論壇》2013
年第1期（2013/02）,頁28-32。

鄭慧如〈原型、敘事、經典化──以大荒、羅智成、陳大
為的詩為例〉,《文學與文化》2012年第02期
（2012/04）,頁85-93。

李癸雲〈邊緣？中心？──試探陳大為詩作之「中國」〉,
《長沙理工大學學報（社科版）》2011年第05期
（2011/10）,頁51-56。

丁威仁〈互文、空間與後設──論陳大為《再鴻門》的敘
事策略〉,《中國現代文學》第14期（2008/12）,
頁37-60。

漢　駱〈以詩為舌，再審歷史的說書美學——試探陳大為
　　　新詩的敘事美學〉，《笠詩刊》第265期（2008/06），
　　　頁110-129。

張光達〈台灣敘事詩的兩種類型：「抒情敘事」與「後設
　　　敘事」——以八〇～九〇年代的羅智成、陳大為為
　　　例〉，《中國現代文學半年刊》第14期（2008/12），
　　　頁61-84。

黃萬華〈陳大為：新生代意識的詮釋者〉，《南都學壇》
　　　2007年第5期（2007/10），頁53-56。

簡政珍〈詩的進行式——評陳大為《靠近 羅摩衍那》〉，
　　　《文訊》第246期（2006/04），頁93-95。

張光達〈陳大為的南洋史詩與敘事策略〉，《中國現代文
　　　學半年刊》第8期（2005/12），頁167-188。

江弱水〈大隱隱於史——論陳大為的寫作與新歷史主
　　　義〉，《台灣詩學學刊》第6期（2005/11），頁107-
　　　118。

劉志宏〈陳大為在〈治洪前書〉一詩中「神話形象」與
　　　「歷史敘事」的轉換與調整〉，「多元的交響：世界
　　　華文文學作品評論研討會」（台灣：佛光人文社會
　　　學院，2005/03/27）。

徐國能〈十年磨一劍——論陳大為詩作〈在南洋〉〉，《乾
　　　坤詩刊》第21期（2002/01），頁21-25。

黃錦樹〈論陳大為治洪書〉，《馬華文學與中國性》（台
　　　北：元尊文化，1998），頁379-402。

陳鵬翔〈擅長敘事策略的詩人──論陳大為的詩集《治洪前書》和《再鴻門》〉,《華文文學》總31期（1997/12）,頁71-73。

辛金順〈剖析〈曹操〉〉,《華文文學》總31期（1997/12）,頁78-80。

辛金順〈歷史曠野上的星光──論陳大為的詩〉,《國文天地》第144期（1997/05）,頁68-79。

當代名家·陳大為作品集1

巫術掌紋：陳大為詩選1992-2013

2014年2月初版　　　　　　　　　　　　　定價：新臺幣380元
有著作權·翻印必究
Printed in Taiwan.

著　者　陳　大　為	叢書主編　胡　金　倫
發行人　林　載　爵	封面設計　小　山　繪

出　版　者　聯經出版事業股份有限公司
地　　　址　台北市基隆路一段180號4樓
編輯部地址　台北市基隆路一段180號4樓
叢書主編電話　(02)87876242轉203
台北聯經書房　台北市新生南路三段94號
電　　　話　(02)23620308
台中分公司　台中市北區崇德路一段198號
暨門市電話：(04)22312023&22302425
台中電子信箱　e-mail：linking2@ms42.hinet.net
郵政劃撥帳戶第0100559-3號
郵撥電話　(02)23620308
印　刷　者　世和印製企業有限公司
總　經　銷　聯合發行股份有限公司
發　行　所　新北市新店區寶橋路235巷6弄6號2樓
電　　　話　(02)29178022

行政院新聞局出版事業登記證局版臺業字第0130號

本書如有缺頁，破損，倒裝請寄回台北聯經書房更換。　ISBN　978-957-08-4343-9 (精裝)
聯經網址：www.linkingbooks.com.tw
電子信箱：linking@udngroup.com

國家圖書館出版品預行編目資料

巫術掌紋：陳大為詩選1992-2013/陳大為著.
初版.臺北市.聯經.2014年2月（民103年）.336面.
13×21公分（當代名家·陳大為作品集1）

ISBN　978-957-08-4343-9（精裝）

851.486　　　　　　　　　　　　　103000563